双葉文庫

口入屋用心棒

裏鬼門の変

鈴木英治

目次

第一章 7
第二章 59
第三章 113
第四章 208
あとがき 332

裏鬼門の変　口入屋用心棒

第一章

一

うとうとしていた。

それが不意にうつつに引き戻された。

湯瀬直之進《ゆせなおのしん》は目をあけた。すっかり暗くなっていることにぎょっとする。棟割り長屋の狭苦しい部屋でしかないのに、ところどころ剝がれ落ちそうになっている壁が、遠いところのように見えにくい。

先ほどまで、部屋は行灯《あんどん》が十も灯《とも》ったような明るさに満ちていた。それがほんの四半刻ばかりで様変わりしている。

いつしか日が短くなっていた。気づかぬうちに季節は移ろい、秋がやってこようとしている。いや、もう暦《こよみ》でいえばとっくに秋なのだが、今年はいつまでも暑さが続いていた。それがようやく、今の時季らしくなってきたにすぎない。

直之進は肘枕《ひじまくら》をはずし、ごろりと寝返りを打った。仰向《あおむ》けになる。天井が目に入った。汚れや薄汚さは、暗さをすっかり隠れ蓑にしている。

甕《かめ》の上の窓があけ放たれ、そこから吹きこんでくる風の心地よさに、知らず眠りに引きこまれていた。

つい最近まで重かった風は、湿気がほとんど感じられなくなっている。肌にふんわりと当たり、さらりと抜けてゆく。

やっと、季節を司《つかさど》る神さまが長い昼寝から目覚め、今がいつであるかに気づいて、狼狽《ろうばい》しつつも季節をととのえ終えたといったところか。

どこかで風鈴《ふうりん》が鳴っているのに気づいた。その音が徐々に近づいてきている。ということは、軒下《のきした》で鳴っているのではなく、誰かが手にしているのだろう。

今日も陽射しは厳しかったとはいっても、風は涼しさをはらんでおり、風鈴はもはや季節はずれの感は否めない。その音色《ねいろ》はむしろわびしさを感じさせた。この長屋の軒下からも、ほとんどが姿を消している。

うたた寝していてもこの風鈴の音に異な感じを抱き、目が覚めたのだろうか。風鈴を持つ者は木戸をくぐり、この長屋の路地に入ってきたようだ。子供がどこかでもらってきたのかもしれない。

直之進の店《たな》を通りすぎるかと思ったら、風鈴の音は戸口の前でとまった。托鉢《たくはつ》僧《そう》が振鈴《しんれい》させるように鳴っている。

まさか本物の托鉢僧じゃあるまいな、と直之進は起きあがった。狭い土間に降りる。ここしばらく命を狙われてはいないが、一応、外の気配を探ってみる。殺気らしいものは感じられない。

直之進は外の灯火を映じている障子戸《しょうじど》を横に滑らせた。涼しさをはらんだ風がゆったりと吹きこんでくる。

「こんばんは、直之進さん」

満面に笑みをたたえた男が立っていた。提灯《ちょうちん》を手にしている。

直之進は目をみはった。

「富士太郎《ふじたろう》さんではないか」

南町奉行所の定廻り同心である。しかし、今日は一目で定廻りと知れる黒羽織は着ていない。橙色《だいだいいろ》の小袖《こそで》に、緑色の帯を締めた着流し姿である。色彩は抑えられ、派手な感じはしないが、提灯の物寂しい灯りを浴びていてもどこかきらびやかで、目にまぶしい。精一杯のおしゃれをしているのがわかる。

「来ちゃった」

照れたように笑う。娘のように体をくねらせた。

「これを見せたくて」

風鈴を掲げて振ってみせる。切り子でつくられたもので、わずかに透き通っている。雀《すずめ》か燕《つばくろ》らしい鳥の模様が小さく描かれている。ちりんちりんと、いかにもかわいらしい音はしているものの、どことなくかすれ気味なのに直之進は気づいた。音に透明な感じがあまりない。

「もしかして、自分でつくったのかい」

はい、と富士太郎がうなずく。

「つい最近、知り合いに習ってはじめたんです。けど、なかなかいいのができなくて。今日、ようやっと自分でも満足できるものができあがったんです」

富士太郎がもじもじする。

「それで、どうしても直之進さんに見てもらいたくて……、いえ、きいてもらいたくて来ちゃったんです」

そ、そうか、と直之進はやや戸惑いつついった。

「今日は非番かい」

「ええ、そうです。このところ事件らしい事件もなくて、今日は一日中、風鈴づくりに熱中していました」

富士太郎が目をあげ、直之進の背後を遠慮がちに見やった。誰もいないことを確かめるような目つきである。直之進が一人であることがわかり、ほっとしている。

直之進は、富士太郎があがりたがっているのを知った。

「汚いところだけど、どうぞ」

富士太郎が明るい陽射しを浴びたように顔を輝かせる。

「いいんですか」

もちろんだ、と直之進はいった。富士太郎が提灯を吹き消す。あたりはほんのりとした闇に包まれた。富士太郎の上背《うわぜい》のある影が目の前に浮いている。

富士太郎がごくりと喉《のど》を鳴らした。腕を伸ばしかけて、ためらう。

直之進は、富士太郎が抱きしめたがっているのを知り、後ずさった。あわてた分、上がり框《かまち》に足が引っかかり、うしろ向きに倒れそうになる。

直之進さん、と叫んで富士太郎が直之進の腕を取る。ぐいっと引っぱろうとしたが、あわてているせいか体勢を崩し、一緒に倒れこんできた。

ああーん。直之進さん。

富士太郎の甘い吐息が耳元にかかる。ぞぞぞ。何度も死線をくぐってきたが、これまでの死闘ですら一度たりとも感じたことのない戦慄《せんりつ》が背筋を走り抜けてゆく。

直之進は身をよじった。力をこめてどかそうとするが、富士太郎はしがみついて離れない。それだけでも鳥肌が立ちそうなのに、唇を吸わんとして顔を寄せてくるからたまったものではない。

ちりん、と音がした。風鈴が薄縁畳《うすべりだたみ》に転がったのだ。だが、それで富士太郎が我に返るようなことはなかった。

直之進はがしっと顎《あご》をつかみ、引きはがそうと試みた。富士太郎は、直之進さん、となおも力を入れてきた。肩の筋肉がこぶのように盛りあがる。

「富士太郎さん、やめろ。目を覚ませ」

しかし、舞いあがってしまっている富士太郎の耳に直之進の叫びは届かない。声はむなしく風がさらっていった。

富士太郎の手が直之進の足のほうへと伸びてくる。どこを触ろうとしているんだ。さすがに怒りがこみあげてきた。ここは仕方ない、殴りつけるしか正気に戻す手立てはないようだ。

直之進はあげた拳を富士太郎の頰に向かって振りおろそうとした。

その瞬間だった。南のほうから、薬缶《やかん》で湯をわかしているような音が空をつんざいてきこえてきた。なんだ、と思う間もなく、どーん、という音が響き渡った。地震のように地面がかすかに揺れた。

富士太郎の動きがぴたりととまった。顔をあげる。

「今のは」

つぶやくようにいい、直之進の顔をじっと見おろす。

「雷ですか」

「わからぬ。空からなにか落ちたのはまちがいないだろうが、雷ではなかろうな。しゅしゅしゅしゅと音がしたぞ」

「確かに、箒《ほうき》で地面を掃《は》いているような音がしましたね。花火でしょうか」

「いや、花火とは思えぬな」

「花火なら、ひゅるひゅるひゅる、どーん、ですものね」

また同じ音がきこえぬかと、直之進は耳を澄ませたが、二度と響かなかった。

ほかの店の障子戸があき、住人たちが路地に出てきている気配が伝わってきた。

今のはなんだ、岩でも転がり落ちたか、花火をしくじったか、などとわいわいがやがや話し合っている。

おそらく他の町内でも同じ光景が繰り広げられていることだろう。江戸の者は好奇の心に充ち満ちている。おもしろいものに渇望している。

富士太郎さん、と直之進は呼びかけた。

「そろそろどいてくれぬか」

富士太郎がはっとする。顔を赤くしたのが闇のなかでもわかった。

「すみません」

のろのろと動いた。直之進の体がようやく軽くなる。静かに息をついた。

「直之進さん」

富士太郎が雪駄《せった》を脱ぎ、正座している。直之進は起きあがり、向き合った。富士太郎がなにかいいかける。

待ってくれ、と直之進はいった。

「灯《あか》りをつけよう」

「待ってください」

直之進を引きとめる。

「暗いままでお願いします」

富士太郎ががばっと土下座する。すり切れた畳に額をこすりつけた。

「気の迷いとはいえ、まことに申しわけないことをしました。本当にごめんなさい。許してください」

「ああ、気にしないでくれ。俺も忘れるから、富士太郎さんも忘れてくれ」

富士太郎が顔をおずおずとあげる。

「本当ですか。許してもらえるんですか」

「許すもなにも、俺たちのあいだにはなにもなかった」

「すみません、直之進さん、もう二度としません。あんなに惑乱《わくらん》するなんて、恥ずかしい」

富士太郎の両肩が縮まっている。

「直之進さん、それがしのこと、きらいになりませぬか」

「きらいにはならぬ。ただ、俺は男に興味はない。知っているだろうが、今度、おきくちゃんと一緒になることも決まった」

言外に、俺の気持ちが富士太郎どのに向かうなどという期待は決してしないように、との意味を持たせた。

「はい、直之進さんのことはもうきっぱりとあきらめます」

富士太郎が自らを励ますような声でいった。両目にきらきらしたものがたまっている。

「それがしが馬鹿だったんです。かなわぬ恋と知りながら、どうして直之進さんのことを好きになったのか」

それには、直之進は答えようがなかった。

「直之進さん、これを」

畳をまさぐって手にした風鈴を、富士太郎が渡してきた。

「それがしだと思って、大事にしていただけますか」

「うむ、承知した」

直之進は富士太郎にうなずいてみせた。

「大事にするが、富士太郎どの、これで永《なが》の別れということではないのだよな」

「はい、もちろんです」

富士太郎がていねいに辞儀する。

「直之進さん、これにて失礼いたします」

「帰るのか」

「はい、さっきの音がいったいなんなのか、気になりますし。番所のほうになにか知らせが入っているかもしれません」

富士太郎が立ちあがる。

「突然に押しかけてしまい、申しわけありませんでした」

もう一度、頭を深々と下げてから戸口を出てゆく。

直之進は戸口に立ち、見送った。ひんやりとした大気が鼻先をかすめ、頬に当たる。

富士太郎が長身を折り曲げるようにして、長屋の者たちがたむろしている路地を歩いてゆく。背中が寂しげで、直之進は声をかけてやりたかったが、なんといえばよいのか、わからなかった。

なんとなく空を見あげた。先ほどの大音《だいおん》がなんだったのか、示唆を与えるようなものはなにも残っていない。富士太郎の姿が木戸の向こうに消え、直之進は障子戸を閉じようとした。

「湯瀬の旦那、ねえ、今の、きいた」

隣の女房が小走りに駆け寄ってきた。

直之進は手をとめた。

「ああ、きいたぞ。すごい音だったな」

「ねえ、なんだと思う」

「さあ、なんだろうな。俺にはさっぱりわからぬ」

「そうよね、わからないわよねえ。流れ星が落ちたっていう人が多いんだけど、本当に流れ星かしら。湯瀬の旦那、どう思う」

　直之進は顎に手を当てた。

「流れ星か。確かに考えられぬわけではないな」

　女房がじっと見る。

「湯瀬の旦那、元気がないわね。なにかあったの」

「いや、別に」

　女房が木戸のほうを見やる。

「湯瀬の旦那、お客があったわね。どたんばたんしてたけど、あれは二人のあいだでなにかあったんじゃないの」

　長屋の壁は薄っぺらで、紙も同然だ。どきりとしたが、直之進はさらりといった。

「なにもないさ」

「まあ、そうよね。湯瀬の旦那、米田屋《よねだや》さんの娘さんと縁談がまとまったばかりだものね。男とのあいだになにかあるなんてこと、あるわけないわねえ」

「うむ、その通りだ」

興味をなくしたように女房が空を見あげる。雲はなく、満天の星が明るさを競うように輝いている。天の川の鮮やかさは夏空そのままだ。大気が澄んできた分、明瞭さは上かもしれない。

「一度だけねえ。二度目はやはりないのかしら。なんかつまらないわねえ」

女房は残念そうだ。どうやらそのようだな、と直之進はいった。

「では、これでな」

戸を閉めようとした。ちりん、と手のうちで音が鳴った。

「あら、風鈴ね。そういえば、さっき、ずっと鳴っていたわね。湯瀬の旦那が鳴らしていたの」

「いや、客人だ」

「ふーん、お客が風鈴を持ってきたの。ずいぶんと遅い風鈴ねえ。季節はずれの風鈴も、風流というべきなのかしら」

「そこはかとない物悲しさが、それなりによいのではないかな」

「そこはかとない、か。やっぱり湯瀬の旦那はいうことがちがうわ」

女房が別の女房のところへ向かう。直之進は戸を閉めた。土間から薄縁畳の上にあがり、行灯を灯す。灯りにさらすようにして、風鈴に目を落とした。

鼓動が二十ばかり打つあいだ、見つめていた。ビードロはあまり上手《じょうず》にふくらんでおらず、少し不格好なのは確かだが、ここまでつくるのに、相当の苦労を要したのは紛れもない。

この長屋にやってくる途中、富士太郎は気持ちを弾ませていたのだろう。出来映えをほめてもらえると、きっと期待していたのではあるまいか。

今度会ったときは、必ずほめちぎってやろうと心に決めた。

直之進は文机《ふづくえ》の引出しをあけ、なかから紐を取りだした。再び障子戸を横に滑らせ、風鈴を軒下につるす。

風鈴はしばらく左右に揺れていた。

ゆるやかな風が吹き、ちりんと鳴った。

二

花火と同じにおいがする。

しかし、この場に立ちこめているにおいは、花火とはくらべものにならないくらい強烈なものだ。そのにおいは夜が明けても、決して弱まってはいない。鼻を突くきな臭さに、富士太郎はまたも顔をしかめそうになった。うしろに控える中間の珠吉《たまきち》も同じ表情をしている。

もっとも、珠吉が眉根を寄せているのは、惨状を目《ま》の当《あ》たりにしているからにちがいなかった。

なにしろ、一軒の大店《おおだな》が大風の直撃を受けたかのようにすっかり壊れてしまっているのだから。

壁はすべて崩壊し、土くれの山と化している。数本の柱がうつろげに天を指し、斜めに傾いた太い梁《はり》がかろうじて地面に落ちるのをこらえている。あとは、大きな簞笥《たんす》や頑丈そうな文机など、家財がわずかばかりに焼け残っているだけである。

富士太郎たちの立っている大道から、つややかな朝日を浴びている裏庭の二つの蔵を見通すことができるのが、空虚さを一層、強く感じさせる。

他の同心や与力たちも来ている。腕組みをしている者、ひたすら見つめている者、ひそひそと話をかわす者など、さまざまだ。

今は町奉行所の手の者によって、この店につながる道のすべてに竹矢来《たけやらい》が設けられ、六尺棒を持った小者たちががっちりと警護している。夜のあいだ大勢いた野次馬《やじうま》たちは、一人たりとも入りこめないようになっていた。

二階建ての建物はひどく燃えたのだが、隣家や近所に延焼するような火事には至らなかった。今もちろちろといくつかの細く白い煙があがっているが、すぐさま大気に吸いこまれてゆく。

ほかには、倒れた梁や柱などがくすぶり、螢のように暗い光が明滅している。赤子を抱えた女房やその亭主らしい男、怪我をした何人かの奉公人が呆然と立ち尽くしている。

店の家人か奉公人に行方知れずの者がおり、目の前では、夜が明けてから捜索がはじめられていた。

五体満足な奉公人や家人、火消したちだけでなく町の者も大勢、捜索に加わっている。蟻《あり》のように柱や梁に取りついてはどかし、土くれをもっこに詰めては運びだしていた。

富士太郎も手伝いたかったが、珠吉にとめられた。あっしたちの仕事は探索であって、ああいう仕事の助力じゃありませんぜ。

実際、富士太郎が力を貸したところであまり役に立ちそうになかった。むしろ、足手まといになるのではないか。

ここは心を鬼にするつもりで、珠吉の言にしたがったのである。

昨夜、直之進の長屋から富士太郎はまっすぐ南町奉行所に向かった。そして、町奉行所のすぐ近くの日本橋南《にほんばしみなみ》鍛冶町《かじ》に流れ星らしいものが落ちたのを知ったのだ。

一緒に行こうと、富士太郎は珠吉の住む奉行所内の中間長屋に走った。しかし、珠吉はいなかった。古女房のおつなによると、富士太郎に知らせに八丁堀《はっちょうぼり》へ一目散に駆けだしていったらしい。

互いに行きちがいならば、流れ星らしいなにかが落ちた場所で会えるだろうと踏んで、富士太郎は暗いなか、提灯をかざして南鍛冶町に足を運んだ。

珠吉は富士太郎の動きを読んでいたのか、すぐにこちらを見つけて寄ってきた。ひどいことになっていますよ、とだけ告げてきた。

確かにとんでもないことになっていた。炎がいくつもの手や腕を夜空に伸ばし、その下をおびただしい提灯が行きかっていた。おかげで、建物がすべて壊れてしまっているのが見て取れた。

野次馬たちが大勢集まっていた。江戸中の者がここに集まったのではないか、と思えるほど、店の前の大道はごった返し、野次馬たちが押し合いへし合いしていた。

建物の下からは悲鳴やうめき声も交錯してきこえてきていた。怪我人だけでなく、店の大勢の者が建物の下敷きになっている様子だった。

まだ生きているのにもかかわらず、富士太郎たちは、そのときはまだ助けることができなかった。夜空を焦《こ》がす炎の勢いはすさまじいものがあり、火のなかに飛びこむのは自裁《じさい》するのも同然だった。

町奉行所から大勢の小者たちがやってきて、六尺棒を手に野次馬たちをその場から追い返しはじめた。だが、野次馬どもはなかなかいうことをきこうとしない。

業《ごう》を煮やした一人の定廻り同心が十手を高々と振りかざし、きさまら、帰らぬと申すのなら一人一人この十手で額を叩き割って、牢に叩きこんでやる、といい放った。

できるものならやってみねえ、とうそぶいたやくざ者らしい男に、実際に十手を叩きつけた。額が割れ、そこから赤いしぶきが噴きあがった。男は昏倒《こんとう》し、気を失った。血がどくどくと出て、顔のそばに血だまりができた。

次は誰だ、と同心が野次馬たちを見まわしてきいた。目が血走っている。その言葉に嘘がないと、はっきりとわかったのだろう。同心が一歩、二歩と踏みだすと、野次馬の壁が徐々に下がり、ついには崩れさった。野次馬たちはいっせいにその場を立ち去った。

不意に喧噪《けんそう》が遠ざかり、あたりは静寂に包まれた。木が燃えてきしむ音だけが耳に飛びこんでくる。

富士太郎たちは、人が生きながら焼かれるのを目の当たりにしていた。悲鳴やうめき声はときがたつごとにきこえなくなっていく。富士太郎は耳をふさぎたかったが、それをするつもりはなかった。珠吉も厳しい表情を崩すことなく、立ち尽くしていた。

富士太郎が来たときにはすでに火消し衆がやってきていたが、鎮火はできなかった。竜吐水《りゅうどすい》も持ちこまれ、盛んに水が放たれたが、炎の手や腕をもぎ取ることはかなわなかった。誰もが歯嚙みしながらも、火の勢いがおさまるのをただひたすら待つしかなかった。

やがて、じっと居座っていた夜が静かに立ちあがり、去ろうとする気配を見せはじめ、東の空が少しだけ白みを帯びた頃、火勢はようやく衰えてきた。竜吐水がやっとその威力を発揮しだし、いくつもの炎を次々に葬り去ってゆく。

完全に火がおさまったのは、日がのぼってからである。そこから、大勢の者による捜索の作業がはじまったのだ。誰もが鬼気迫る表情をしていた。今もその表情を崩していない。

結局、富士太郎は、一睡もしなかった。眠気はまったくない。この惨劇に見舞われた者たちを前にして、眠いなどといっていられない。捜索に必死になっている者たちもいるし、なにより、今も生き埋めになっている者がいるのだ。

いたぞっ。そんな声が不意にあがり、男たちの手の動きが速まった。次々に土くれや柱の残骸などが取り去られてゆく。見ていて爽快になるほどの手際《てぎわ》のよさだが、すぐにああっ、という悲鳴のような声が横たわった柱の燃えかすの陰に体を突っこんだ男から発せられた。ほかの男たちも顔をゆがめる。

男たちがなにを目にしたのか、考えるまでもなかった。

ほとんど真っ黒に焼けこげた遺骸が戸板の上にのせられる。

富士太郎は視線をはずすことなく、まっすぐ見ていた。あたり一面に火薬のにおいが漂っていることからして、これは疑いようもなく人間によって引き起こされた惨劇である。犯人を引っとらえ、仇を討つためにも、目をそらすわけにはいかなかった。この光景を瞳に刻《きざ》みこむようにしなければならない。

それからは次々に遺骸が見つかった。誰一人として生きている者はいなかった。幼い子も二人いた。六歳と三歳ということだ。焼けこげた祖母と祖父に守られるように抱かれて、二人ははかなくなっていた。

母親と父親の号泣が響き、耳を打つ。その場にいる者たちは、ただ目を落としているしかなかった。

見つかった遺骸は全部で七体だった。いずれもこの店の家人と奉公人である。家人は子供二人を含む五人。あるじ夫婦の子供と祖父母、あるじの弟ということだ。奉公人は、若い手代が二人である。

行方知れずの者はそれですべてだった。富士太郎は唇を嚙んだ。血が出てきたが、痛みは感じなかった。涙も出そうになった。畜生の所行《しょぎょう》だね、と思った。ここで泣いたら、その畜生に負けたような気がして、涙を必死にこらえた。それでも、じんわりと目尻からしみだしてきた。

こんなひどい真似をした者は必ず引っとらえるからね。きっと仇は討ってやるから、安らかに眠っておくれよ。

珠吉も同じことを考えているのは、見ずとも知れた。気と呼ぶべきものなのか、富士太郎の肌をびんびんと刺している。珠吉は怒っている。怒り狂っている。こんな惨劇を引き起こした者を獄門《ごくもん》にせずにおくものか、というかたい決意が伝わってきた。

「旦那、こいつは」

感情を抑えたような声で珠吉がいった。それだけに余計、珠吉の怒りのほどが察せられる。

「なによるものですかね」

「大砲《おおづつ》だろうね」

「やはり」

珠吉があたりを見まわす。

「どこから撃ちこんだんですかね」

「ここに撃ちこまれた大砲がどのくらいまで飛ばすことができる力があるのか、というのがわかればいいんだろうけど、わかる人がいるのかね」

富士太郎は南の空を見やった。

まるで真夏のような入道雲が渦を巻くように立ちあがり、こちらを見おろしている。圧倒されるような力強さがある。乾いた風は涼しさをはらんでいるというのに、夏の神はいまだに舞台を去る気がないということか。

「おいらは南の空から、しゅしゅしゅしゅと風を切ってやってくるような音を耳にしたよ」

「あっしも同じ音をききやした。確かに旦那のいう通り、南からでしたねえ」

富士太郎は顎の肉をそっとつまんで、首をひねった。

「そのとき珠吉はどこにいたんだい」

「あっしは御番所の中間長屋ですよ」

「旦那は」

「おいらは牛込《うしごめ》のほうだよ」

珠吉がぴんときた顔をする。

「まさか湯瀬さまに会いに行っていたんじゃないでしょうね。湯瀬さまの長屋とか、米田屋さんとか」

「会いに行っていたさ。顔を見たかったからねえ」

直之進ともつれて畳に一緒に倒れこんだときのことがよみがえる。うれしさ反面、どうしてあんなことをしてしまったのか、という悔いもよぎる。これからも直之進は本当に会ってくれるのだろうか。あれが今生《こんじょう》の別れということになったらどうしよう。

「旦那、どうかしましたかい」

珠吉に低い声できかれ、富士太郎は我に返った。

「いや、なんでもないよ」

珠吉がじっと見ている。底光りする目だ。

「湯瀬さまに、なにかしたんじゃないでしょうね」

富士太郎はどきりとした。

「す、するわけないじゃないか。おいらが直之進さんになにができるっていうんだい」

「そりゃそうですがねえ。しかし、なにか旦那、怪しいですねえ。なんでつっかえるんですかい」

珠吉が胡散臭《うさんくさ》そうな眼差しを向けてくる。

「そりゃ、ときにつっかえることもあるさ。いつもぺらぺらしゃべるなんてこと、できないよ。おいらは口下手だからね。――ともかくだよ」

富士太郎はわずかに声を大きくしていった。

「大砲があっちから撃たれたのはまちがいないんだね」

腕を掲げ、南の方角を指さした。

「なにかはぐらかされたような気分ですね」

「珠吉、今は直之進さんのことなんか、どうでもいいことだよ。目の前のこの惨事に、すべての力を注ぎこまなきゃいけないよ」

「ええ、それはよくわかっています。すみませんでした。直之進さんのことは、持ちだすべきじゃありませんでした」

「わかりゃあいいんだよ」

珠吉が顔をきりりと引き締めた。そうすると、少し若返って見えた。

「しかし旦那、この一件、あっしたちが探索に加わってもいいんですかね」

「そうだね。縄張《なわばり》ちがいだものね」

富士太郎の縄張は根岸《ねぎし》、本郷《ほんごう》、駒込《こまごめ》のあたりである。日本橋は、別の老練な定廻り同心が縄張としている。

「おい、富士太郎」

いきなり背後から名を呼ばれ、富士太郎は振り返った。そこに立っていたのは、与力の荒俣《あらまた》土岐之助《ときのすけ》である。富士太郎の上役に当たる与力だ。

富士太郎は、おはようございます、ご苦労さまでございます、と深く腰を折った。珠吉もていねいに辞儀をする。おはよう、と土岐之助が快活に挨拶を返してきた。

「富士太郎、珠吉、おめえら、目が赤えな。徹夜をしたんだな」

はい、と富士太郎と珠吉はうなずいた。

「ここにずっといたのか」

「はい、一部始終を見ていました」

「目が赤えのは、それだけじゃねえな」

富士太郎は首をぶるぶると振った。

「とんでもない。それがしは、泣いてなどおりませぬ」

そうかい、と土岐之助がいった。

「おめえがそうだといい張るんなら、それでいいさ」

土岐之助が南の空をじっと見やる。

「あっちから玉は飛んできた。それはまちがいねえ」

はい、と富士太郎と珠吉はほぼ同時に顎を引いた。

「南といえば、海だ。俺は海から撃ったんじゃねえかって思ってる。というより、海からでまちがいねえ」

「では、船からってことですか」

そういうことだ、と土岐之助がいう。

「石火矢《いしびや》や棒火矢《ぼうびや》、大砲。そのあたりが使われたのはまちがいねえ。昨日、夜の漁をしていた漁師から、煙の尾をひいて空を飛ぶ赤いかたまりを見たという届けが番所にいくつももたらされた」

富士太郎は、かろうじて燃え残っている看板に目をやった。建物が崩れ落ちたとき、弾き飛ばされたせいで、炎に包まれずにすんだようだ。

その看板には、北野屋《きたのや》とある。呉服を扱っている店だ。

日本橋の北野屋といえば、上質な着物だけを扱うことで名があり、庶民にはなかなか手が出ないものの、一生に一度か二度の晴れの日には、この店の品物を注文する者が少なくない。

富士太郎は、まだこの店の着物を身につけたことはなかった。いつの日か、ここで着物をつくるというのが夢だった。しかし、この惨状では、その夢はかなわぬままで終わってしまうかもしれない。

土岐之助が鼻の下を指先でさすった。汗をふき取ったようだ。

「どこから撃ったか、それを見た者は」

富士太郎は土岐之助に問うた。

土岐之助が無念そうにかぶりを振る。

「それが今のところ、残念ながらいねえんだ。しかし、曲線を描いて赤い玉が飛んでいったそうだ。漁師からいろいろ話をきいたところでは、距離は、およそ二十町じゃねえかって俺はにらんでいる」

ここからだと十五、六町で海にぶつかる。海岸ではなく船に据《す》えつけて大砲を撃ったとするなら、たぶん四、五町くらい沖合に出るだろう。そのほうが人目を避けられるからだ。

二十町という距離は妥当な気がした。富士太郎は南に目を向けた。大砲を撃ったその船はどこに行ったのか。霊岸島《れいがんじま》近くの海に投錨《とうびょう》したのだろうか。それとも、品川の湊《みなと》のほうへと舵《かじ》を切ったのだろうか。

しかし、それだけの船が犯人の側にあるのなら、賊は一人ではない。大勢が関わっていると考えていい。

決して許さねえぞ。富士太郎は決意を新たにした。

土岐之助が長い息をつく。

「むずかしいのは、大砲をぶっ放した連中の狙いだ。本当にここ北野屋だったのか」

　確かに、大砲は精度がさほどのものではない、ということを富士太郎も耳にしたことがある。狙って撃ったものが、大きくはずれて北野屋を直撃したということも考えられないではないのだ。

　土岐之助が首を伸ばして、あたりを見まわす。太陽はさらに高くなり、熱のこもった光を投げかけてきている。その反面、吹き抜ける風は乾いている。裾や袖に入りこむと、肌寒さを覚えるほどだ。季節の変わり目にはよくあることとはいえ、どこか不思議な天候となっている。

「このあたりだと、俺たちの町奉行所も近いし、ご老中の役宅もそばだ。上さまがおわす千代田城《ちよだじょう》だって近い。大名の上屋敷も数多くある。もちろん、ほかの商家を狙ったということも考えられる」

「なかなかしぼれませんね」

　ああ、と土岐之助がいった。

「しかし、今は北野屋を狙ったとして、調べを進めてゆくのがいいだろうな。それしかねえ」

富士太郎も同じことを考えていた。その上で、北野屋にうらみを抱いていたり、北野屋と諍《いさか》いの種を抱えていたりする者がもしいなかったら、探索の方向を転じればよいだけの話である。

なにしろ、と土岐之助がいった。

「死人《しびと》が七人も出た。そのうち、二人はいたいけな子供だ。明るい前途がひらけていた若い手代も二人死んだ。ここは、北野屋にうらみを持つ者という筋でまずは進めなきゃいけねえ」

はい、と富士太郎がいうと、土岐之助が迫力を感じさせる目を向けてきた。

「大きな玉が一発、空から降ってきた。玉はおそらく炸裂玉と呼ばれるものだな。屋根や地面などかたいものに当たると、破裂する仕組みになっているらしい。玉の破片などが体に突き刺さって、人を死に至らしめるようだ。今度のは、破片というより、火事で焼け死んだ者がほとんどのようだが」

土岐之助が少し間を置いた。唇をそっと湿らせる。

「そんな代物《しろもの》を使った以上、賊どもは北野屋を全滅させる気でいたのかもしれねえ。今のところ、それが一番考えやすい。とにかくだ、俺たちは死んだ者たちの仇を討たなきゃいけねえ」

「はい、それはよくわかっています」

富士太郎がはっきり口にすると、うむ、と土岐之助が満足げにうなずいた。

「それでだ、そういうときに、縄張だなんだなんて、細《こま》けえことはいっていられねえ」

「では」

富士太郎と珠吉はそろって、期待に満ちた目で土岐之助を見つめた。土岐之助がよく光る瞳で見返してきた。

「おめえたち、はなからその気でいたんだろうが、この一件の探索にはおめえたちも加われ。犯人どもを探しだし、とっつかまえるんだ。富士太郎、珠吉、わかったな」

「承知いたしました」

富士太郎は元気よく答えた。必ず自分たちがつかまえてみせるという自信と確信がすでにある。

土岐之助が続ける。

「すでに江戸では、この一件が大騒ぎになりだしている。上さまのお膝元で大砲がぶっ放され、町家をぶっ潰すなんて、まさに前代未聞《ぜんだいみもん》のことだからな。町人たちが騒ぐのも無理はねえ」

それには富士太郎も同感だ。

「富士太郎、珠吉、いいか、犯人どもをとっつかまえることだ。そうしねえと、公儀の威信に関わる。この一件は公儀の屋台骨を揺さぶろうとしている。まさかこれで公儀が倒れちまうなんてことはあり得ねえが、対処の仕方によってはとんでもねえ事態を引き起こさねえとも限らねえ。公儀を甘く見る者どもが出てくるってえことだ」

「なるほど」

富士太郎は深い相づちを打った。

「とにかく、手立ては問わねえ。とっつかまえればいい。富士太郎、珠吉、わかったな」

わかりました、と富士太郎と珠吉はいった。

まずどうすべきか。富士太郎は考えた。北野屋のことについては、他の者たちが深く調べるはずだ。つまり、これは自分たちがすべきことではない。その調べは留書にまとめられるはずだ。自分たちは、あとでそれを読ませてもらえばいい。

では、どうするか。船のことはどうだろうか。船に大砲を据《す》えつけ、ぶっ放したのだとしたら、それを目の当たりにした者は本当にいないのだろうか。

土岐之助は今のところは、というい方をしたが、面倒をいやがって届けをださない者もなかにはいるだろう。そういう者を自分たちは見つけられないだろうか。

三

頭《かしら》が息をひそめたのがわかった。

「お頭」

伊造《いぞう》は低い声でささやきかけた。

「いやな気配がしていませぬか」

「うむ、感じる」

頭《かしら》と呼ばれた男は、忍び頭巾《ずきん》を直した。伊造も頭にならった。いやな気配が漂ってきているせいで、先ほどから落ち着かない。忍び頭巾を直してばかりいる。

だからといって、この場を逃げだすわけにはいかないだろう。なにも探りださずに去るのでは、なんのためにここまでやってきたのか知れない。

どうあっても、昨晩の大砲のことを調べあげなければならない。

石火矢や大砲などは、日《ひ》の本《もと》の国にはいくらでもある。南蛮《なんばん》と呼ばれる国のなかで唯一、この国と交易を行っている阿蘭陀《オランダ》から渡ってきたものが多い。むろん、この国で鋳造《ちゅうぞう》されたもののもないわけではない。

昨晩、船に据えられた大砲から放たれた玉は、きれいな曲線を描いて北野屋という呉服屋に落ちたのがわかっている。

ということは、おそらく臼砲《きゅうほう》から放たれたものにちがいあるまい。

臼砲は文字通り臼《うす》のような形をした砲身の短い砲で、玉は高くあがるために障害となる物や遮蔽物を越えて目標物めがけて飛んでゆく。届く距離は短く、精度はお世辞にもいいとはいえないが、十五ドイムから二十ドイムくらいの口径の砲なら二十町ほどの距離は難なく越えてゆく。

ドイムというのは阿蘭陀国の寸法のことで、一ドイムは八分強の長さになる。

昨日の夜、海上から撃たれた臼砲はいったいどこを狙ったのか。それがわからなければ、手の打ちようがない。

北野屋と考えるべきなのか。それとも、別のところか。

老中の役宅に南北の町奉行所、他の大名屋敷、そして千代田城。

最も考えやすいのは、老中の役宅だろうと頭は思っている。

昨晩、役宅には老中首座の松平《まつだいら》武蔵守《むさしのかみ》忠靖《ただやす》がいつものようにいた。大砲から放たれた玉は、それを狙ったものではなかったのか。

なにしろ忠靖には敵が多い。いま忠靖のことを一番疎《うと》んじ、除きたいと考えているのは、同じ老中の榊原《さかきばら》式部《しきぶ》太《だ》夫《ゆう》政綱《まさつな》であろう。

政綱は忠靖の政争相手といってよい。表立ってはなにもない顔で政《まつりごと》を論じたりしているが、互いに腹のなかは真っ黒で、一刻も早くこの世から消えてもらいたい、と強く願っているはずだ。

しかし、仮に政綱が昨日の砲撃に関与しているとしても、あれだけの威力を持つ大砲を用意できるはずがなかった。

榊原家の禄高は十五万石で、領地は越後高田《えちごたかだ》である。領地は海に接しているから船は持っているだろうし、露西亜《ロシア》に対する海防の意味で大砲も所持しているのはまちがいないだろう。

だが、昨日ほどの強力な砲を有しているとはどうしても思えない。それだけの技術というものが、榊原家にあるようには思えないのである。

そう、どうやっても榊原政綱の力だけでは、あれほどの砲を江戸の海から放てるはずがなかった。

つまりは、力を貸している者がいる。伊造たちはそう確信している。

伊造たちがいま最も疑っているのは、薩摩島津《さつましまづ》家である。島津家と榊原政綱は仲がよいといわれている。

どういう縁でそういうことになったのか。

政綱が、上杉謙信《うえすぎけんしん》の愛馬として名のある放生月毛《ほうしょうつきげ》とゆかりがあるという名馬を島津家に贈ったことからだ。

放生月毛は謙信が川中島の戦いの際、単騎、武田陣に突っこんでいったとき、乗っていた馬といわれる。しかし放生月毛はその戦いで傷つき、謙信が居城の春日山城に帰る途中、力尽きて死んだという。その際、謙信がつくった塚が高田の榊原領内にはあるというのである。

それがどういうことで放生月毛ゆかりの馬につながるのかはわからないのだが、とにかく馬一頭を贈ったことで、榊原家と島津家は親密な仲となったのだ。これまでの調べでは、薩摩が榊原家のうしろ盾になっているのではないか、という疑いは濃くなっている。

薩摩は領内に何十門もの大砲を備えているとの噂がある。それらは自ら鋳造したものもあるだろうし、公儀の目を逃れて異国から購入したものもあるだろう。抜け荷の噂が絶えないだけに、おびただしい数の船も所有しているだろう。

昨日、海上から大砲を撃ったのは薩摩の者たちではないのか。やつらなら、あのくらいのことはやすやすとしてのけるであろう。

その思いは、伊造らのなかでますます強くなっている。

だが、一つ、問題があるとするなら、薩摩がこんなことをして、いったいなんの利があるかということだ。

もし万が一、露見したら、取り潰しは避けようがない。大砲をぶっ放すことが、七十八万石を賭《と》するに値することなのか、という疑問は消えない。

それに、いくら榊原家と仲がよいといっても、薩摩島津家は怜悧《れいり》である。露見すれば取り潰しというところまでやるというのは、あの家にはどうにもそぐわない。

だから、ちがうのではないか、という思いも、少ないながらも心のなかでは消えていない。

いま伊造たち五人は三田《みた》にいる。ここには薩摩の上屋敷がある。さすがに七十八万石の大大名だけのことはあり、広大な敷地を誇っている。

上屋敷の海に面している側には、蔵屋敷が建っている。薩摩からやってきた船が荷下ろしした物品が積みあげられている場所である。抜け荷の噂が絶えることのない薩摩島津家だから、蔵屋敷のなかにも禁制の品が多数、おさめられているのではあるまいか。

だが、いま自分たちがやるべきことは抜け荷の証拠をつかむことではない。昨日の砲撃に薩摩が関与している証《あかし》を、手に入れることである。

伊造たちは、島津家の上屋敷にすぐさま忍び入ることのできる場所にうずくまっている。上屋敷の西側は蜂須賀《はちすか》家《け》の下屋敷になっているが、その塀際に身をひそめている。

大勢の家臣たちが詰めている薩摩の上屋敷とちがい、こちらにはほとんど人けがない。

まずは、阿波《あわ》の太守《たいしゅ》がときおりやってきて休息するこの屋敷の庭の端にひそみ、それから高い塀を越えて薩摩の上屋敷に忍びこもうという算段である。

夜のとばりがおりて、すでに久しい。一刻半はたち、夜はさらに深まろうとしていた。いま頭は、ときを計っている最中である。

伊造たち五人の男は、忍び装束に身を包んでいた。柿色《かきいろ》のもので、闇に溶けやすいといわれている。忍び装束には黒が最もいいような気がするが、黒は逆に夜のなかでは浮いて、目立ってしまう。

薩摩の上屋敷は静まっている。つい四半刻ほど前までは人が発する物音や気配が伝わってきていたが、今はだいぶ少なくなっている。ほとんどの家臣たちは、寝についたのではあるまいか。

先ほど感じたいやな気配は、今は肌に覚えない。頭や自分が忍び頭巾を直すことはなくなっている。これは、やはりさっきまで近くに誰かがいたというのを意味しているのか。

だが、いったい誰が。

誰か、こちらを監視している者がいるということか。

しかし、こちらも素人《しろうと》ではない。これまで動きを秘匿《ひとく》してきている。何者かに露見したとはとても思えない。

いやな気配が遠のいたといっても、監視されていたのではないかと思うと、やはり動きにくい。頭はいつ行くべきか、迷っている。

これまで頭が迷うことなど滅多になかった。それなのに今夜に限っては、決断しようという気にならないようだ。ぐずぐずと、ときを引き延ばしている。頭自身、心の動きを怪訝《けげん》に思っているにちがいない。

頭が深く呼吸をした。伊造も同じようにした。体に力が満ち、気力が横溢《おういつ》するのを感じた。

これならいける。伊造は確信した。

「よし、行こう」

頭が伊造たちにささやきかける。

伊造たちは塀を乗り越えようとした。だが、その動きがぴたりととまった。背中に強烈な殺気を覚えたのである。

伊造たちはいっせいに振り向いた。

いつの間にか、多勢の者に背後を取られていた。二十人ばかりいる。いずれも瞳が猫のように光を帯びている。

といっても、その光に明るさめいたものはまったくない。墨のなかに別の墨を溶かしこんだかのような鈍い光り方をしている。

驚いたことに、二十人の男たちは自分たちと同じように忍び装束を着用している。ということは、この者たちも忍びなのだ。

腰に差しているのも、ふつうのものよりずっと短い忍び刀だ。

男たちは、伊造たちを押し包もうとしている。徐々に迫ってきていた。

包囲されたら逃げ場はない。男たちは自分たちを殺そうとしている。

こいつらは薩摩の忍びなのか。これまで一度たりともそんな連中のことなどきいたことはないが、島津家も戦国の頃には忍びを多用して戦《いくさ》をものにしてきたのは、まちがいないところだ。

それに、薩摩は物事をすべて秘密にし、他者に知らせないでおこうとする姿勢を常に保っている。薩摩忍びのことが、これまでよそに漏れなかったとしても不思議はない。

実際、戦国の頃の名のある忍びはたいしたことがないともいう。本当にすごい忍びは世に名を残さないものなのだ、と。

そして、薩摩忍びのことがよそに漏れなかったというのは、これまで対してきた者をすべて葬り去ってきた証なのだろう。

二十人の男はまだ刀は抜いていない。合わせたわけではないが、こちらも抜刀《ばっとう》していない。

男たちは、さらにじりじりと近づいてきている。すでに距離は四間もない。

どうする。どうすればいい。伊造は必死に頭をめぐらせた。だが、いい考えは浮かんでこない。頭を含め、もともと腕には自信がある者たちだ。だが、四倍の敵を相手にしては、その腕も通用しないのではないか。

しかも、この男たちは強い。それはもう明らかだ。体からにじみ出る迫力が段ちがいなのだ。腕達者だけがそろっている。

本物の忍びのにおいを放っている。まるで戦国の昔からときを乗り越えてやってきたとしか思えない。そんな雰囲気を身にたたえている。

いったいどんな技を繰りだすのか、想像もつかない。見たい気持ちがないわけではないが、目にしたそのときが最期ということになってしまいかねない。

この男たちにくらべたら、と伊造は思った。自分たちはまがい物にすぎない。

逃げるぞ。

頭が、敵にさとられないように、それとなく伊造たちにささやきかけた。今はこの場を去る。それしか生き延びる道はない。やり合ったら、確実に骸《むくろ》にされる。

あるいは、命を捨ててやり合えば一人か二人くらいは道連れにできるかもしれない。だが、それでは犬死にでしかない。

長いこと忍びの真似事をしてきた以上、いつでも死ぬ覚悟はできているが、無駄としかいいようがない死に方を、こんな場所でする気はなかった。

どんな手立てを用いても、伊造たちはこの危地《きち》を脱するつもりでいる。

中央にいる長身の男がこいつらの頭領か。それにしても見あげるような大男だ。膂力《りょりょく》がいかにも強そうだ。手のひらも大きく、頭をつかまれたら、熟柿《じゅくし》のようにたやすく握り潰されそうだ。

頭領らしい男がこちらを凝視している。闇に生きる獣の目だ。

背筋がひやりと寒くなる。急に体がかたくなってきたのを伊造は感じた。同時に足が鉛《なまり》でもつけられたように重くなっている。

これは、目の前の頭領の持つ眼力というやつか。それとも、なにかの術なのか。

古《いにしえ》の忍びには、目だけで相手の動きを封じてしまう術を持つ者がいたと、なにかの書物で目にしたことがある。

やはりこの者たちは、戦国の昔に息づいていた忍びたちと同等の力を持っているのだろう。そうとしか思えない。

頭領らしい長身の男が、右手の指をかすかに動かした。

無言で五人の忍びが駆けだす。一気に自分たちの前までやってきた。すでに抜刀している。刀を振りおろすかと思えた瞬間、姿がかき消えた。

うっ。伊造はたまらずうめき声をあげた。しっかりしろ。自らを叱咤《しった》する。やつらはふわりと宙を飛んだにすぎない。そのくらい、自分たちもたやすくやれるではないか。

だが、絹の羽を手にしているかのようにやわらかく宙を飛ぶのは、自分たちにはとてもできる技ではない。

なにかが飛んできた。伊造はあわてて刀を引き抜いた。敵の頭領の呪縛は知らずに解けていた。飛んできたなにかを、伊造は鋭く叩き落とした。

ぐっ。ぎゃっ。短い悲鳴が立て続けに横合いから耳に届いた。伊造は、宙を飛んだ五人の敵がクナイを飛ばしたのに気づいた。

二人の仲間が地面に崩れ落ちるように倒れこんだ。今の倒れ方では、すでに息はない。深々と突き刺さったクナイは、確実に仲間の急所を打ち抜いているはずだ。

頭《かしら》と残りの仲間の一人は、なんとかクナイをかわしたようだ。

五人の敵がふわりと着地した。だが、まったく隙がない。しかも、そのときにはすでに別の敵が迫ってきていた。またも五人である。この者たちもクナイを手にしているようだ。もし毒でも塗ってあれば、かするだけで死を迎えるだろう。

「逃げろっ」

頭が、伊造たちに向かって怒鳴った。

「ばらばらに行けっ」

今はもう体面《たいめん》など気にしている場合ではなかった。

伊造はくるりと敵に背を向け、走りだした。敵が追いすがってくる。不気味なことにまったくの無言だ。音も立てない。全身を張り詰めて気配だけきいていると、誰一人として追ってきている感じはしない。

だが、敵はまちがいなく背後にいる。しかも少しずつ距離を縮めているのではないか。

伊造はひたすら駆け続けた。蜂須賀家の下屋敷の塀を越え、道に飛びおりた。

背後を振り返ることは決してない。今は本物の忍びどもを振り切ることしか頭《あたま》になかった。振り返っていては、敵の餌食《えじき》にされるだけだ。

頭と仲間も同じようにしていることを、必死に祈った。そのあたりは大丈夫だろうと信じた。これまで頭から何度となくいいきかされてきた。なにごとも徹底しろ、と。

まさに今、それを践行《せんこう》する時だ。

伊造は逃げに逃げた。走りに走った。その間、敵の攻撃を受けることはなかった。クナイも飛んでこなかった。

どのくらい駆けたものか。伊造は、半里近く全力で走った。息が切れはじめている。

くそう、なんて情けない。このくらいでへばってしまうとは。

鍛錬が足りないのだ。やつらはこのくらい、屁とも思っていないだろう。

どこかで休みたい。そんな思いが頭をもたげる。胸が苦しい。

うしろには誰もいないのではないか。もうやつらもあきらめたはずだ。

そんな気持ちが心を占める。

ここはどこなのか。情けないことに、逃げた方向もわからなくなっている。

人けのほとんどない町なかを伊造は走っている。右手に、ふと、こぢんまりとした山門が眺められた。門は閉じてあるが、乗り越えることなど造作もない。

伊造は速さを落とすことなく、方向を転じた。十段ほどの階段を駆けあがる。眼前に迫った山門の扉を蹴って、体を上に持ってゆく。足だけで一気に屋根にのぼった。うしろを見ることなく境内《けいだい》に飛びおりる。

十間ほど先に、本堂が見えている。本堂も小さい。境内にはあと、鐘楼《しょうろう》と庫裏《くり》があるだけだ。

庫裏に明かりは灯っていない。住職はとっくに眠りの海を泳いでいるようだ。

伊造は本堂の裏に走りこんだ。本堂の陰で体をすばやく返し、追ってきている者どもを待ち構える。

なかなか息がととのわない。こんな体《てい》たらくで果たしてやつらとやり合えるものなのか。

しかし、やるしかない。もうこれ以上、走ることはできない。十分に鍛えてきたつもりで、体術に関しては他の者より抜きん出ている自信はあった。ところが、ああいう化け物のような者どもを相手にしたとき、それはなんの役にも立たなかった。やつらのほうがはるかに鍛えている。

ここを生き延びることができたら、一から鍛え直すことにしよう。その機会をなんとか与えてもらいたかった。

伊造は刀を手にじっと待った。だが、一人たりとも姿をあらわさない。

しかし、やつらがこうもたやすくあきらめたとは思えない。必ずやってくる。

しかし、姿を見せないおかげで、息がととのいはじめた。これなら、また走ることができるだろう。

動悸ももう速くない。足からも疲れは抜けはじめている。

やつらは来ない。本当にあきらめたのか。

やつらは、薩摩の者なのか。島津の上屋敷に忍びこもうとして襲われた。まずまちがいあるまい。

やはりこたびの一件には、薩摩が絡《から》んでいると考えていいのか。

伊造は息をついた。

よし、行くか。俺はやつらを撒《ま》くことができたのだ。きっとそうだ。

その瞬間だった。背筋にぞわりと殺気を感じた。

まるで、こちらが気をゆるめるのを待っていたかのようだ。いや、まちがいなくそうなのだろう。こちらを断固として屠《ほふ》るつもりでいる。数人の敵が殺到してきた。いつの間にか、まわりこまれていた。

くっ。唇を嚙みかけたが、その時間さえ惜しい。

伊造は地を蹴って、またも走りだした。今度こそ、この男どもを完全に振り切らなければならない。

生きる道は唯一、それしかない。

第二章

一

不覚だった。

それしかない。

上がり框に足を引っかけて転びそうになるなど、しくじり以外のなにものでもない。

いま直之進は、米田屋の娘であるおきくとの縁談がまとまり、侍を捨てて町人として生まれ変わるか、それとも侍のままでいるか、という選択を迫られている。さて、どうしようか、といまだに踏ん切りがつかず、ぐずぐずと迷っているが、もうとっくに侍として生きてゆくのは無理なんだよ、ということをわからしめるために、天が一昨日のあの一件を仕組んだのではあるまいか。

一年前の自分だったら、あんな無様な姿を見せることはまずなかった。侍としての心構えを常に胸に抱き、生きていた。その覚悟が今はなくなっている。むろん、心のなかで生きていることはたくさんあるが、すでに体からしみだしてしまっているようだ。

つまりは、富士太郎の頭に血をのぼらせてしまったのは、なんということもない、自分のせいなのだ。

あれは俺が悪い、と直之進は思った。富士太郎の気持ちを知っていて、隙《すき》を見せたのだから。

いま直之進は、一昨日と同じように薄縁畳の上に寝そべっている。気づくと、天井がうっすらと闇に包まれはじめている。もう夕方なのだ。この分なら、あっという間に暗くなるだろう。

あのときもこうしてだらしなく横になり、惰眠《だみん》をむさぼっていた。そうしたら、近づいてくる風鈴の音に目が覚めたのだ。

軒先につり下げた風鈴の音はきこえない。風が死んでいるのだ。この長屋の店のなかは、夏がまだそこに居座っているかのように蒸している。顔や首筋、胸のあたりから汗がだらだら流れるが、このくらい、一昨日にくらべればなんてことはない。

背中を流れたあの冷や汗こそ、もう二度と味わいたくない。話にはきいていたが、本当に背筋がぞぞぞ、と震えたのだ。

直之進は立ちあがり、文机以外で唯一家財といえる箪笥の引出しをあけた。そこから洗濯してある手ぬぐいを手にし、顔や体をふいた。湯屋に行きたいが、この刻限では恐ろしく混んでいるだろう。

しかし、手ぬぐいでふくだけでは、汗が取りきれず、直之進はたらいを持って外に出ると井戸の前に立った。つい先ほどまで長屋の女房衆が声高に世間話をし、豪快に笑い合っていた。

今は無人で、深まりゆく闇のなか、なんとなくうつろさが漂っている。

長屋の小窓や障子戸に灯りが映りこみ、子供の笑い声が路地に降ってくる。夕《ゆう》餉《げ》のにおいが鼻先をかすめ、空腹の直之進はかなりそそられた。

気のいい者がそろっているから、一口くれぬか、と頼めば、一口なんていわずにおなか一杯食べてゆきなさいよ、といってくれるだろうが、これから米田屋に行くことになっている。行けば、飯を食べることになるだろう。

あるじの光右衛門《みつえもん》によれば、おいしいお酒と魚を用意しておくとのことだ。考えるだけで、よだれが出そうだ。ここは空腹のままのほうがよい。

直之進は釣瓶《つるべ》を井戸に落とし、ぐいぐいっと引きあげた。釣瓶からたらいに水を移す。諸肌脱《もろはだぬ》ぎになり、手ぬぐいをたらいに浸《ひた》した。しぼった手ぬぐいで体をふく。

生ぬるい水だが、それでも生き返ったような気持ちになった。汗のにおいもしっかりと取れただろう。

あとは、きれいな着物を身につければ、おきくにいやな思いをさせることはあるまい。

直之進は店の前に戻り、障子をあけようとした。ひときわ高い笑い声が耳に飛びこんできた。静かに振り返った。一番端の作三《さくぞう》のところのようだ。家人全員が声をそろえて笑っている。

いいものだな、としみじみ思った。平和そのものだ。父親の作三は塩の振り売りが商売だが、雨の日も雪の日も怠けることなく毎日、天秤棒《てんびんぼう》を担いで出かけてゆく。母親のおらんは袋づくりの内職にいそしみながら家を守っている。三人の子供は手習所で学問を学び、手習所が引けたあとは、友垣《ともがき》たちと力一杯遊んでいる。

当たり前の光景といえばその通りだが、この当たり前を保つのがどれだけむずかしいことか。人というのは楽に流れやすい。

もし作三が汗水垂らして働くことを放り捨ててしまい、楽を覚えれば、この夕餉の団欒《だんらん》だって、当たり前のことには決してならないだろう。

作三はたいした男なのだ。当たり前のことを当たり前のこととして日々おこたらない。

この俺も作三のような暮らしを営めるだろうか。

考えるまでもない。夫婦となる以上、波風が立たないということはあり得ないだろうが、きっと幸せな生活を送ってみせる。おきくを日の本一の幸福な嫁にしてみせる。

直之進は店に入った。身支度をととのえる。少し手首が痛んだ。これは一昨日の影響が残っている。

あの富士太郎の力のものすごさには、ほとほとまいった。驚かされた。振り払おうとしても、まったく動かないのだから。肩の筋肉の盛りあがりも尋常ではなかった。

あれなら、一度がっちりとつかまれたら、いくら凶悪な犯罪人もそうはたやすく逃げだせないだろう。富士太郎は相当、鍛えているのだ。

しかし、あれだけの力と体格を誇りながら、娘のような気持ちを持っているというのは、本人にとっては不幸なのではないか。

富士太郎の父は亡くなっているときいている。八丁堀の屋敷では母親と暮らしているということだが、富士太郎の癖というべきものを知っているのだろうか。

知っているとしたら、どんな思いを抱いているのだろう。なんとかして治そうと考えたりするものだろうか。

病ならば医者にかかればなんとかなるものもあるが、男が好きというのは病ではあるまい。薬があるともきいたことがない。

もっとも、母親が息子を治したいと願っているのか、それすらもわからない。

ここで自分がいろいろと思いをめぐらせてみたところで、仕方がない。

両刀を腰に差した直之進は土間におり、甕の水をすくって柄杓《ひしゃく》からじかに飲んだ。このあたりにも、江戸暮らしに慣れた浪人という感じが色濃く出ていると自分でも思う。

外に出て、障子戸を閉めた。提灯を灯し、どぶ臭い路地を歩きだす。

一歩、踏みだして、直之進は足をとめた。なんだろう、とあたりを見まわした。重苦しいいやな風があたりを包んでいるような気がする。邪悪な気をはらんだ雲が、顔に触れる高さまで降りてきているような感じだ。

これはなんなのか。

しばらく考えたが、理由は思いつかない。

まさか俺を狙う者がいるのではあるまいな。だが、このところは平穏で、そういう心当たりは一切ない。

それに、命を狙ってくる殺気というものはこれまで何度も味わわされたが、それとは毛色の異なるものとしか思えない。しかも、この長屋のある一角だけでなく、小日向東古川町《こひなたひがしふるかわちょう》界隈全体を覆っているようだ。

いったいなんなのか、ともう一度考えたが、答えが出るはずもない。気に入らぬな、と思いつつ、直之進は再び歩きだした。

どぶの羽目板がだいぶ古くなっており、今にも踏み破りそうなほどやわらかくなっている。直之進は注意して歩き進んだ。住人の名などを記した板などが釘打ちされている木戸を抜け、大通りに向かう。

あと二間ほどで大通りというとき、直之進は血のにおいを嗅《か》いだ。勘ちがいではない。確かに、においが鼻を突いた。

足をとめ、左側の暗がりを見つめる。

そこは古びた仕舞屋《しもたや》で、今は空き家になっており、明かりは一つとして灯っていない。幽霊が住みかとしているような、どこか不気味な気配をたたえている。

暗がりになっているのは戸口で、板戸が設けられている場所がやや道から引っこんでいることに加え、庇《ひさし》が不必要なほどに長いために、大通りの常夜灯や煮売り酒屋の提灯などの光はまったく届かない。

直之進は提灯を振り向けた。暗さが取り払われたが、そこには誰もいない。

おかしいな、とつぶやく。米田屋でみんなが待っているからと思い、提灯を手元に引き寄せて再び歩きだした。

だが、やはりどうにも気になり、直之進は立ちどまった。この界隈を覆っているいやな風に関係しているのではないか。いや、関係していないはずがない。空き家の前に戻り、もう一度、提灯を突きだして軒下をじっくりと見た。

血の跡らしいものが、すり切れた平らな石の上にかすかに残っていた。血の跡はかすれており、引きずったような感じがある。

先ほどまでここに誰かいたのはまちがいない。うずくまっていたのではないか。

しかし、どこに消えたのか。血のにおいは残ったままだ。むしろ顔の近くにきたような気がする。

ふと、誰かに見られているような感じを覚えた。近い。

上だ。気づいて直之進はすぐさま庇に視線を向けた。

庇がかぶさるようにぬっと出ている。そこから今、誰かが見ていたような気がしてならない。直之進は背伸びをし、のぞきこもうとした。その前に、あのう、というか細い声が耳に入りこんできた。

「湯瀬さまではありませんか」

か細いだけでなく、声は紙を口に含んでいるかのようにくぐもっている。

耳を疑う、という気分を久しぶりに味わった。直之進は、今まちがいなく名を呼ばれたな、と思って庇の上を見つめた。自分のことを知っている何者かが、血を流して庇の上に横たわっている。

直之進は腕を動かし、提灯を掲げようとした。それはご勘弁願えますか、と穏やかに制された。

「おぬしは」

あたりをはばかって直之進はささやいた。提灯を吹き消す。闇が一瞬ですり寄ってきて、直之進を包みこんだ。

「名もない者にございます」

暗くなるのを待ったかのように男がいった。これは、名を告げる気はないということか。

「どうして俺を知っている」

「それはいずれ」

これは、教えるつもりはあると考えてよいのか。

「怪我をしているのだな」

はい、と男が小さく答える。

「怪我はひどいのだな」

無言が返ってきた。口をひらくのも大儀《たいぎ》なのではないのか。

「手当は」

これはいわずもがなだった。応急のものならしているかもしれないが、医者によるしっかりとした手当はされていないにちがいない。

それとも、応急の手当すら許されなかったか。

「誰にやられた」

これにも答えはなかった。直之進はしばし考えてから、問いを発した。

「医者に行く気はあるか」

これにも応じる気はないのかと思ったが、はい、と低い声が耳に届いた。

「心当たりの医者は」

これもきかなくてもよいことだった。いれば、自分でとっくに行っている。

「いい腕の医者がいるが、そこに連れていってもよいか」

かすかに男が体を動かした。血のにおいが揺らめく。

「口がかたいお医者にございますか」

「口外せぬように頼めば、他者に漏らす気づかいはあるまい」

「そのお医者に迷惑をかけるかもしれないのですが。もちろん、湯瀬さまにもです」

直之進は、これはどういう意味に取るべきなのか、と考えた。

「それは、医者のところでおぬしが襲われるかもしれぬということか」

はい、といった。

この男は今も追われているのだ。つまり、と直之進は思った。この町の界隈を覆っているいやな雰囲気は、この男を追う者が放っているものなのだろう。それも一人などではない。大勢の者がこの男を獲物として探し求めている。

面倒を抱えこむことになるかもしれぬ、と直之進は感じた。だが、男を見捨てるわけにはいかない。ここは覚悟を決めるしかないのだろう。それにしても、どうやってこの男をおろせばよいか。

それについては、あまり考える必要はないかもしれない。なにしろ、軒下からすばやく庇の上にあがることのできる術を持つ者だ。その逆を行うのは、重い傷を負っているといっても、さしてむずかしくはないだろう。

「あの、お医者に連れていってくださるのですか」

男は、直之進の顔色を読んだようだ。直之進は深くうなずいた。

「そのつもりだ。そのあとに起こる厄介《やっかい》も、ついでに引き受けてやる。そこから降りられるか」

あたりの気配をうかがってから、男が身を起こした。すっぽりと頭巾をかぶっているのが知れた。ぎらぎらと光る両眼だけが、闇に息づく獣のようにのぞいている。夜目《よめ》が利《き》くのは紛れもないだろう。

「おぬし、忍びか」

男がかぶっているのは、忍び頭巾と呼ばれる類《たぐい》のものだろう。

頭巾の口のあたりがわずかに動き、しわができた。どうやら、苦笑を漏らしたのが知れた。

「いえ、なりだけにございます」

中身はちがう、といいたいようだ。

「それなのに、傷を負わされたのか」

早く降りてもらわないと、いろいろきいてしまう。一番の謎は、どうしてこの男が自分のことを知っているのか、ということだ。声にもきき覚えはない。わざとちがう声をつくっているようにも思えない。やはり、これまで一度も会ったことがない男なのだ。

直之進は手を差しだした。けっこうです、と男が遠慮していった。重い傷をこうむっているとは思えない身軽さで、ひらりと降りてきた。地面に両足をついたが、音がまったく立たなかった。まるで絹の上にでも降りたようだ。

直之進は目をみはった。

「中身も忍びではないか」

「このくらいは、できます」

背丈は五尺そこそこか。やせてはいるが、筋骨の盛りあがりがすさまじい。相当、鍛えこんでいる。

男は顔をゆがめているようだ。立っているのもつらいのだろう。

直之進は提灯をたたんで懐にしまい入れた。提灯をつけずに歩くのは法度《はっと》だが、この際、そんなことはいっていられない。

直之進は背中を見せてしゃがみこんだ。

「乗れ」

男に躊躇《ちゅうちょ》はなかった。自力で歩けないことを知っている。直之進は背中にずしりとした重みを感じた。

「だいぶ血を流したはずなのに、けっこう重いではないか」

筋骨がしっかりしている。いわゆる骨太というやつだ。

「できれば、暗いところを選んで行っていただけますか」

「わかった」

直之進は力をこめて立ちあがり、先ほどやってきた道を戻りはじめた。大通りに出るわけにはいかない。

ここ東古川町に住みはじめた頃は、道もろくに知らなかった。だが、今はもう町の子供と同じように、ふつうの者なら知らない裏路地まで覚えた。医者の診療所までどういうふうに道をたどってゆけばよいか、すでに頭のなかに地図は描けている。

狭い道と細い路地を紡《つむ》ぐように歩いた。気配と視線を感じないか、そのことに常に注意している。

東古川町を出て、西古川町に入る。今のところ、なんの気配も感じない。うまくいっているということだろう。

もっとも、いやな風は相変わらず頭上に渦巻いている。背中の男を探している者どもは、去っていないということだ。

目当ての医者の診療所が、闇の向こうにうっすらと見えてきた。五つくらいまでなら、いつも提灯がついている。

あたりの気配を探ってみたが、なにも感じるものはなかった。

これなら大丈夫だろう、と直之進は一軒の家の前に立った。といっても、こちらは裏口である。

むっ。いやな気配を感じた。同じなのか、男が背中の上で身じろぎする。

「この医者は見張られていたようだな」

しくじったな、と思いつつ直之進は男にささやきかけた。

「そのようです」

男が唇を嚙んだのが知れた。

「考えませんでした。焼きがまわりました」

「それは俺も同じだ」

しかし、ここまで来て引き返すわけにはいかない。やつらは今にも襲ってくるかもしれない。

いや、そうではなく、ここにいるのは見張り役だけか。それならば、まだときはあるのではないか。

直之進は頼もう、と声をかけて裏口の戸を横に引いた。あまり力を必要とせずに戸はあいた。

「蘭丹《らんたん》先生、いらっしゃいますか」

奥に向かって声をかける。広い三和土《たたき》を持つ表口とは異なり、こちらは人が一人立てるくらいの狭い土間があるだけだ。土間をあがった先は三間ばかりの長さの廊下になっている。廊下の突き当たりは腰高障子で、部屋の明かりをほんのりと映じていた。

「おお、いるぞ」

腰高障子の向こう側から声が返ってきた。直之進は名を告げた。

「おう、米田屋さんの娘さんを嫁にする果報者《かほうもの》か」

腰高障子がすっとあき、頭を丸めた男が姿を見せた。どすどす、と足音荒く廊下を歩いてきた。今は患者がいないということなのだろう。床板がきしみ、体の重みを支えかねて下にたわんでいる。

相変わらず相撲取りのようだ。また太ったのではないか。体つきからいえば、関脇から大関に昇進したというところではないか。

「直之進さん、どうしたね」

「この男です。傷を負っています」

蘭丹が直之進の背に視線を向けた。

「運んでくれ」

直之進は蘭丹のあとについて廊下を歩き、診療部屋に入った。八畳ほどの広さだ。薬くささが充満しており、息をせずとも鼻孔に入りこんでくる。行灯が明々《あかあか》と三つも灯されている。そのために、部屋のなかは、曇りの日ほどの明るさに保たれている。

「ここに」

真っ白な敷布が敷かれた布団を、蘭丹は指し示した。直之進は背中から男を静かにおろし、横たえた。

「忍びか」

さすがに初めて見るようで、蘭丹は目を丸くしている。

「冗談でこんななりをしているのではないのだな」

「生業《なりわい》にしているようです」

そうか、といって蘭丹が忍び頭巾をまず取ろうとした。

「これは勘弁願います」

男が苦しげにいった。

「しかし、息がしにくかろう」

「いえ、息苦しいのには慣れています。大丈夫です」

「顔や頭に怪我はないのだな」

一応、蘭丹が確かめる。

「はい、ありません」

忍び頭巾はきれいなもので、ぱっくりとひらいているところはもちろん、糸のほつれすらも見当たらない。

「知り合いかい」

忍び装束のほうを鋏《はさみ》で手際よく切りながら、蘭丹が直之進にきいてきた。

「いえ、知り合いではないのですが」

どういういきさつでここに連れてくることになったか、直之進は手早く説明した。

「ほう、知り合いでもないのに名を呼ばれたのか。不思議なこともあるものだな。顔を見たかろう」

「ええ」

「剝《は》ごうか」

見ると、男は目を閉じていた。息はしている。

「気絶しているだけだ。しかし、ちょっとくらいでは目は覚まさんぞ」

「いえ、やめておきましょう」

直之進は蘭丹にいった。蘭丹がたっぷりとした頬を震わせてにやりとする。

「相変わらず律儀《りちぎ》だな」

「この男、東古川町にやってきたのは、どうやらそれがしを頼ろうとしたゆえではないかと思います。それならば、いずれそれがしに素顔をさらす日もやってまいりましょう」

なるほど、と蘭丹が相づちを打つ。そのあいだも傷を診《み》ている。直之進が見ても深手と思えるのは、三つばかりある。それらは五寸ほどの長さにわたっているが、ほかにも小さな傷は無数にあった。

「しかし、何者なんだ。これだけの傷を受けている以上、この忍び装束は遊びや伊達《だて》ではないということだな」

ええ、と直之進はうなずいた。

「本人は、なりだけで中身は本物ではないといういい方をしましたが、明らかに本物の忍びですね」

「うむ。まるで戦国の世からやってきたみたいだ」

蘭丹が傷を焼酎でていねいに洗ってゆく。切れた肉深くに指が入っていった。

見ているだけで痛い。気絶していても相当の痛みがあるようで、男が盛んに体をよじる。だが、声はまったく漏らさない。

「たいしたものだな。わしなら悲鳴をあげて、のたうちまわっているところだ」

蘭丹がすべての傷を洗い終えた。

「しかし、本当によく鍛えているな。これだけの血を流してまだ動けるというのは、すごいの一言に尽きる。この筋肉を見ればわかるが、恐ろしいほどの鍛錬を積んでいるな」

蘭丹が針と糸を用意する。

「直之進さん、すまないが、行灯を寄せてもらえるかな」

直之進はいわれた通りにした。

蘭丹がこれも焼酎で消毒し、傷を縫いはじめた。まるで雑巾《ぞうきん》でも扱っているように、ほいほい、とつぶやきつつ針を操ってゆく。

もうじき何者ともしれぬ者たちが襲ってくるかもしれないのに、それを忘れて直之進は見入った。

「直之進さん、傷を縫うのを見るのは初めてか」

「いえ、そうではありませんが、先生の手並みがあまりに鮮やかで」

「感嘆しているということか」

はい、と直之進は顎を動かした。

「これは裁縫と同じよ。わしは幼い頃から、ばあさんのように裁縫がうまかったからな。それで医者を志したようなものだ」

「まことですか」

「まことさ。だから本道より外科が得意なんだ」

「しかし、それがしが前に、腹痛の琢ノ介《たくのすけ》を連れてきたとき、鮮やかに治していただきましたよ」

半年ほど前のことだ。それが蘭丹と知り合うきっかけになった。

「あれは、ただの食いすぎ、飲みすぎよ。治すうちにも入らんさ」

それから蘭丹は無言になった。食い入るような目で針を動かし続けた。

四半刻ほどたっただろうか、蘭丹の手がとまった。ふう、と大きく息をつく。

「終わった」

「助かりますか」

「誰が手当したと思っているんだ」

「はあ、すみません」

ばん、と直之進の肩を叩いてきた。

「わしの腕だけでなく、この男がなにしろ丈夫だな。あやかりたいくらいだ。よく節制している。それがこの体の強さにつながっているようだ。直之進さんも見習ったほうがよいな」

「はい、そうします」

蘭丹が大徳利《おおどつくり》を傾け、焼酎を飲もうとした。しまった、と舌打ちする。

「全部、使ってしまった」

大徳利を畳に置く。

「仕方あるまい。しかし直之進さん、この男、動かすわけにはいかんが、襲ってくるかもしれん者がいるんだな」

「はい、そのようです」

「わしは申しわけないが、やっとうのほうはからっきしだから、直之進さんが守るしかないが、やれるのか」

「できるだけのことはします」

蘭丹がしげしげと見る。

「自信があるようだな」

「いえ、ありませぬ。ただ、これまで場数は踏んできました。修羅場もかいくぐってきましたゆえ……」

「こたびも大丈夫ではないか、というのか」

「はい。虫がよすぎるでしょうか」

「ちとそのきらいはあるが、おまえさん、琢ノ介さんによると、とんでもなく強いらしいものなあ。顔だけ見ていると、優男《やさおとこ》そのものだが、人は見かけによらんものだ」

蘭丹が真顔になる。

「それで、わしはどうしていたらよいかな。助太刀を期待されても困るしな。はなから期待しておらんだろうが」

「どこか押し入れにでも隠れて、息をひそめていてください」

承知した、と蘭丹がうなずく。まわりを見渡す。意外に落ち着いている仕草だ。

「そろそろ来るような気もするな。大気がじっとりと重い」

確かに、蘭丹のいう通りだ。この家は包囲されつつある。人数は、二十人近いのではないか。

ふう、と蘭丹が息を吐き、首筋の汗をぬぐった。

「今年はいつまでたっても暑いな。このところ風が出てようやく秋がきたかと思ったら、また夏に戻っちまった。ところで、おまえさん、人を殺すことになりそうか」

直之進は軽く首をひねった。

「さて、どうでしょうか。傷を負わせて撃退できれば、それに越したことはありませぬが、忍びはそのくらいでは決して引っこまぬでしょう」

「死病のようにしつこくて執念深いらしいなあ。これは、軍記物がいっているだけだがな。――さて」

蘭丹が立ちあがった。

「わしは押し入れに引っこませてもらう。直之進さん、番屋や番所の者に来てもらわずともよいのか。いや、こいつはいわずもがなだったな。いたずらに怪我人や死者を増やすだけのことだろう。おまえさんだけのほうがやりやすいに決まっている」

蘭丹がにこりとする。

「いい顔をしているなあ。心は熱く燃えているが、頭は冷静という表情だ。おまえさん、すごい男だな」

蘭丹が襖《ふすま》をあける。隣の間に通じており、押し入れが見えた。

「わしはあそこにおる」

承知しました、と直之進はいった。蘭丹が敷居を越えて襖を閉める。でっぷりとした体がゆっくりと消えていった。

さて、と直之進は独りごちた。あぐらをかいて男を見おろす。

必ず守りきらなければならない。どういう理由があるのか知らないが、この男は湯瀬直之進を頼ってきた。それに応えなければならない。

頭巾を取れば、顔色がよくなってきたかわかるが、直之進にその気はない。息が安らかなものに変わっているのはまちがいない。蘭丹はやはり名医だ。

直之進は立ちあがり、下《さ》げ緒《お》で襷《たすき》がけをした。袴《はかま》の股立《ももだ》ちをとる。懐から手ぬぐいを取りだし、鉢巻とした。鉢巻は、したたる汗が目に入るのを防ぐという大事な役目がある。

刀の目釘《めくぎ》をすばやくあらためた。

——これでよし。

やるべきことはすべてやった。

いや、まだあった。米田屋に今宵は行けなくなるということを知らせていない。今頃、待ちくたびれているだろう。

蘭丹に走ってもらうわけにはいかない。外にいるやつらは、外に出た途端、蘭丹を虫けらのように殺すだろう。そのくらい邪悪な気を放っている。

だからこそ、直之進は目の前の男を助ける気になった。この男はおそらく正義の側にいる。

それにしても、と直之進は思った。おきくやおれん、光右衛門にはすまぬことをした。直之進の身になにかあったのではないか、とおきくは心配で、いても立ってもいられないのではないか。

しかし、どうやっても知らせる手立てはない。この場を切り抜け、必ずおきくたちに無事な姿を見せなければならない。そして、ここで起きたことの顚末《てんまつ》を余すことなく説明するのだ。

直之進は男が寝ている布団をずるずると引っぱり、壁際に寄せた。ここなら、背後から敵にやられるおそれはない。

行灯を消した。闇が部屋に満ちる。大気がさらに重くなり、より暑さが増したような気がした。

暗闇のなか、直之進は座りこみ、目を閉じてじっと待った。今はそれしかすることがなかった。来るなら早く来いという思いがあるが、ときを選べるのは攻める側にある。

押し入れのなかの蘭丹は、いったいいつはじまるのか、と息をのむ思いだろう。

いきなり、がたん、と裏の戸口のほうで音がした。先ほど直之進が男を運び入れた場所である。

——来たか。

直之進は目をあけ、すっくと立った。刀を引き抜く。鞘走《さやばし》る音が心地よい。それだけで力がみなぎる。

廊下に出て、どんなのが来たのか、確かめたい衝動に駆られる。だが、それは敵の陽動の策にすぎないかもしれない。傷を負った男のそばを離れるわけにはいかなかった。

廊下を足音が近づいてくる。足音は一人のものだ。

一人なのか。それとも、そういうふうに思わせる術があるのか。

布団の男が忍びであるように、相手も忍びなのか。

腰高障子がすらりと引かれた。浪人らしい男が姿を見せた。頭巾をかぶっているが、こちらは忍び頭巾ではない。身分が上の侍が、よくお忍びなどでしているような頭巾である。

直之進も駿州《すんしゅう》沼里《ぬまざと》で主家に仕えていたとき、何度か同じような頭巾をしている家老や中老を見かけたことがある。

上背はたいしたことがない。せいぜい五尺二寸ほどだ。体はやせている。なで肩で、女のようだ。筋骨の盛りあがりはほとんど感じられない。ただし、首だけは大木の根っこのように異様に太い。

刀は一本差である。かなり短い。刃渡りは、せいぜい二尺ほどしかないのではないか。どういう流派なのか。少なくとも忍びではない。

この浪人らしい男が、忍びのような男を追いかけまわしていたのか。ちがう。直之進はなんとなくそんな気がした。目の前の浪人らしい男は忍びを追いまわせるほど身動きが敏捷《びんしょう》ではないし、長いあいだ走り続けていられるようにも見えない。

ここに標的がいると知り、とどめを刺しに来たのだろう。となると、かなり遣《つか》えることになる。実際に、どっしりとした腰の落ち方や足さばきなど、並みではない。

この男は着流しの裾をからげている。襷がけも鉢巻もしっかりとしている。これは戦いの心得《こころえ》の一つでしかないが、慣れた感じがするところを見ると、相当の場数を踏んできているのだろう。

頭巾のなかの両眼がぎろりと動き、直之進の背後の布団をとらえた。この男も夜目が利くようだ。

頭巾にしわが寄った。

「うらみなど一切ないが、その男の命をいただく。邪魔立てするな」

「何者だ」

直之進は声を荒らげることなくたずねた。

浪人らしい男の目が直之進を見る。鈍い光を放っている。感情というものを感じさせない瞳だ。

「答える必要はあるまい」

にべない口調でいった。

「どうしてこの男を殺す」

直之進がいうと、頭巾の口のところがわずかに動いた。笑ったようだ。

「さあな」

浪人がすらりと刀を抜いた。刀身が闇に白い光の筋を描いて、浪人の顔の前でとまった。正眼《せいがん》よりやや高い位置に刀尖《とうせん》がある。

少し変わった構えだ。何流というのか。きいても男は答えはしまい。

「やるのなら相手になる」

直之進は気負うでもなくいった。ふん、と男がやや窮屈そうに鼻を鳴らした。

「ならば、おぬしも殺す。うらむなよ」

「やれるならばな」

「ほざけ」

男が刀を振りあげた。刀身が短いために天井には届かない。その上に両膝を思い切り曲げている。

すっと進んできた。そんなに速さを感じさせないのに、一気に距離が詰まった。

男の膝がぴんと伸びた。その力を使って、刀が上段から振りおろされる。男が一杯に口をあけているのが、頭巾をかぶっていても伝わってきた。なにか心のなかで思い切り叫んでいる。赤い口が見えるようだ。

振り自体も速いが、それ以上に重みを感じさせる剣だ。

猿叫《えんきょう》こそ発しなかったが、これは噂にきく薩摩示現流《じげんりゅう》なのではないか、と思えた。

まともに受けたら、こちらの刀がへし折られる。敵の刀は直之進の顔を真っ二つにするだろう。それだけではすまされない。頭から股下まで両断されるにちがいない。

そのことを直之進は瞬時に覚った。だが、避《よ》ければ、この男はそのまま足を運んで布団の男を殺すだろう。

――どうする。直之進は一瞬で答えを導きだした。自分の刀を縦にして、相手の刀に合わせる形でぶつけていった。

がきん。鉄同士が真っ向から勢いよくぶち当たった。鈍い音が部屋に響き渡る。

二本の刀が寄り添うように、宙でとまっている。

なにっ。頭巾の目がそう語った。刮目《かつもく》している。

刀と刀が、二つの襖が合わさるようにぴったりと刃《やいば》同士でくっついている。

男が我に返る。互いの顔が二振りの刀をはさんで、ほんの三寸のところにある。そのまま力での押し合いになった。

男がぎりと唇を嚙んだのが知れた。全身の力で押してきた。

直之進も負けじと押し返す。直之進のほうが長身で、わずかに有利だ。上から潰すように力をこめていった。

男の背が徐々に小さくなる。膝が曲がりはじめた。

男の刀の峰が額に触れそうになっている。直之進はかまわず押し続けた。

峰がついに頭巾を押し破るように額に触れた。頭巾に覆われた顔が苦悶にゆがむ。目が血走っているのが、闇のなかでもはっきりと見えた。

このまま押し続けると、この男は死ぬだろうか。

情けは無用だ。ここは殺すしかない。直之進はさらに力をこめた。男の顔が妙な形にねじ曲がりはじめた。首を横に曲げようとしている。額の痛みにこらえきれなくなっているのだ。

もし男がこの痛みに耐えきれず、刀をずらすような真似をすれば、直之進の刀が男の顔にめりこむだろう。

男の両眼が、今にも顔から飛びだしそうになっている。眼球の血脈がうっすらと見えている。

直之進は容赦することなく、さらに刀を押し続けた。

男が不意に目を閉じた。ついにあきらめたように見えたが、直之進は油断するようなことはなかった。力をゆるめることは決してない。

えいやぁ。いきなり耳をつんざくような大声が男の口から発せられた。頭巾を引き裂くような勢いだ。

直之進は驚いたが、それで力を弱めるようなことはなかった。刀はぴったりと男の額に貼りついている。

これまでと別の力が働きはじめた。男が太い首を使って、二振りの刀を押しあげようとしている。二本の刀と自らの首にはさまれる形となり、額はとんでもないありさまになっているのではあるまいか。

ふつうの者なら気絶するような痛みが襲っているはずだ。だが、男はひるむことなく首を使ってぐいぐいと押し返してくる。

痛みを楽しんでいるのではないか、と直之進が思ったのは、こちらを見つめる目が笑っているように見えたからだ。化け物としか思えなかった。

「うぬなどにやられるかよ」

男が叫び、ううっとうなり声をだした。地の底から響くような不気味さがある。

「おうりゃあ」

男が力を振りしぼった。それを機に刀がこちら側に一気に押し返された。直之進はうしろに弾き飛ばされそうになった。かろうじてこらえた。刀は弾かれたが、布団の男を踏みつけるようなことにはならなかった。

そこを男がつけこんでくる。またも上段から刀を振りおろしてきた。

直之進は一瞬、男の刀を見失った。合わせることはできない。男のがら空きの胴を狙っていった。

男の刀は、額をやられたせいか、一撃目ほどの切れも重みもない。速さも若干、減じていた。

直之進の刀は胴を切り裂いた。そのはずだったが、刀に手応えは伝わらなかった。男はぎりぎりでかわしたのだ。

しかし、男に次の攻撃に移る余裕はなかった。いまは刀を引き戻そうとしているところだ。

直之進はすばやい足さばきで間合《まあい》に突っこみ、刀を袈裟《けさ》に振りおろした。男が下がる。これは予期した動きで、直之進は深く踏みこんで刀を逆胴《ぎゃくどう》に振っていった。

男は柄《つか》で受けた。その衝撃で男が刀を取り落としそうになる。直之進はさらに進んで狙い澄ました突きを見舞った。これはもうよけられないはずだ。

刀尖が男の胸に吸いこまれる。そう見えたが、男の体が不意に沈んだ。顔が一瞬で見えなくなった。刀尖は頭巾の上のほうを破って、突き抜けた。男がくにゃりと両膝を曲げてみせたのだ。

なにっ。直之進は驚愕したが、すぐさま刀を上に引きあげ、振りおろそうとした。だが、そのときには、すでに男は間合の外に脱していた。

頭巾のなかで無念の形相をつくった男が、直之進を憎々しげににらみつける。殺気が再び満ちる。

来るか、と思ったが、男はくるりと体をひるがえした。あいている腰高障子を蹴破るような勢いで部屋を出、廊下を走ってゆく。

追おうとしたが、とても追いつけない。直之進はあきらめた。

男が戸口から外に出てゆく。黒々とした邪悪な影が一瞬で視野から消え去った。

直之進はさすがに息をついた。だが、まだ油断はできない。いつ新手《あらて》が襲ってくるか知れたものではない。

刀を見た。刃こぼれはしていない。さすがにあるじの又太郎《またたろう》から拝領した名刀だ。だが、この刀をもってしても、もしあのとき、あの男の斬撃をまともに受けていたら真っ二つに折れていた。

すさまじい刀法だ。これまで一度も目にしたことがない。やはりあれは、薩摩示現流なのではないか。

示現流でなくとも、示現流の流れを汲んでいるのではないか。直之進はそんな気がしてならなかった。

直之進は布団の男の気配を嗅いだ。寝息はきこえない。だが、やられてはいないのは、はっきりしている。

四半刻ほどその場に立ち、外を凝視していた。誰も入ってこようとはしない。去ったのか。この診療所を覆っていた重い気も消えている。去ったと考えていいようだ。

「蘭丹先生」

直之進は隣の間に声をかけた。

「もう平気です」

「まことか」

やや遠くで襖のあく音がした。次いでこちらの襖が横に滑った。蘭丹の坊主頭が目に飛びこむ。

蘭丹が部屋のなかを探るように見る。

「追い返したか」

ええ、と直之進は答えた。

「患者は」

「無事です」

「そいつはよかった」

蘭丹が入ってきた。布団の男のそばに座り、脈を確かめる。

「ふむ、なるほど、生きておる。しかも、目を覚ましているではないか。おい、いつから起きていたんだ」

「先ほどです」

ほとんど蟻がささやくような声だ。

「では、見ていたのか」

これは直之進がたずねた。

「はい、一部始終を」

声に賞賛の響きがある。

「さすがに湯瀬さまです。きいていた通りの強さでした。頼ってよかったと、心から思います」

「きいていたというのは、誰からだ」

男が頭巾のなかでほほえむ。力ない笑みで、少し哀れさを直之進は感じた。

「いろいろな人にでございます」

「たとえば誰だ」

「それは後日」

「またあとまわしか」

「申し訳なく存じます。いずれお話しできる日がくるものと」

「承知した。気長に待っていよう」

直之進は蘭丹に目を移した。

「先生、申しわけありませんが、戸口の戸を閉めてきていただけますか」

「ああ、あけ放したままか。賊が律儀に閉めていくわけもないか」

にこりとしていって、蘭丹が出てゆく。すぐに戻ってきた。

「それで今宵はどうする」

直之進は小さく顎を引いた。

「また襲ってこぬとも限りませぬ。それがし、こちらに泊まりこませていただいても、よろしいですか」

二

直之進を抱き締めている。

二度と離れたくない。

永久にこの瞬間が続いてほしい。

富士太郎はそれを願った。

唇を吸いたい。吸ってもいい、というような顔を直之進がしている。

じゃあ遠慮なく。

富士太郎は顔を近づけていった。

直之進の顔が急に消えた。ふわっと宙に浮く感じに包まれる。富士太郎は奈落《ならく》に落ちていった。

ああ、怖いよお。おいらはきっと死んじまうんだな。

しかし、いつまでたっても底に到達しない。気づいたら、宙に浮いてもいなかった。

はっ、として目をあける。枕から頭がずり落ちていた。うつぶせになって寝ていた。

なんだい、そういうことかい。

富士太郎は起きあがり、布団の上にあぐらをかいた。ああ、こんなんじゃ駄目だよ。これじゃ男そのものじゃあないか。

すぐに正座にした。目の前の腰高障子をじっとにらみつける。

二度とあんなことはしないと誓ったのに、これだけ生々《なまなま》しい夢を見るなど、まだ未練があるのだ。

それも仕方ないよねえ。そんなにあっさりと、ずっと好きだった人をあきらめられるわけがないもの。

富士太郎は伸びをした。ふわわ、とあくびが出る。眠りは足《た》りているが、ここ最近はどういうわけか、疲れが抜けない。昼間もあくびをすることが多い。どうしてなのか。歳なのか。だが、まだ二十歳だ。人間、二十歳をすぎると老いるということなのか。

弱音など吐いている場合ではない。誰が大砲を北野屋に撃ちこんだのか、どういう目的だったのか、調べなければならない。

まだ次があるのか。それが最も怖い。探索としては次があったほうが、つながりなどが判明してありがたいのだが、そんなことは望んではならないことである。

北野屋の次に標的になるところがあるのか。もしあるとするならば、それも探りだし、阻止しなければならない。

それにしても、直之進さんはどうしているのかなあ。元気にしているだろうねえ。あんなことをしちまって、次にまた会ってくれるのかなあ。

それだけが富士太郎は気になってしようがない。

しかし、今はやはりそんなことを考えているときではない。大砲のことを調べあげなければならない。

富士太郎は立ちあがった。手早く着替えをすませる。最後に十手を懐に大事にしまい入れて、部屋を出る。顔を洗っていないのに気づいた。沓脱石《くつぬぎいし》に置いてある草履《ぞうり》を履いて、庭の右側にある井戸に行く。釣瓶を落とし、水を汲んだ。

ざばざば、じゃぶじゃぶと音を立てて、顔を洗う。気持ちいい。今日はずいぶんと水が冷たい。そういえば、大気もぐっと冷えこんでいる。

富士太郎は空を見あげた。澄んだいい天気だ。雲はちらほら見えるだけで、空の透き通る青さだけが目を打つ。

ようやく秋らしい天気になったということか。だが、ついこのあいだも同じことを考えたばかりだ。だが、また夏のような天気がぶり返した。

今回も期待しないことにした。

沓脱石まで戻り、草履を脱ぐ。廊下を歩きだす。廊下もひんやりとしているのが、足袋《たび》を履いていてもわかる。

　廊下の向こう側から女がやってきた。

「ああ、富士太郎さん」

　やわらかな声で呼びかけてきた。

「おはよう、智《とも》ちゃん」

　腰を悪くした母の世話をするために、大店の娘の身ながら、住みこみで来てくれている娘である。

「お目覚めでしたか」

「うん、さっきね。顔もいま洗ったばかりだよ」

「気持ちよかったんじゃありませんか」

　きらきらとした目で富士太郎を見る。

「うん、とてもね。水が久しぶりに冷たいと感じたもの」

「待ちかねた秋がようやくやってきたんでしょうか」

「どうだかねえ」

　富士太郎は首をひねり、先ほど感じたことを口にした。

「そうですねえ。今年の秋では、お天道《てんとう》さまの強さにあっさりと吹き飛ばされちゃうかもしれませんねえ」

「どっしりと居座ろうって感じがないものね」

「早く紅葉狩《もみじが》りがしたい」

「ああ、あれは楽しいねえ。目の保養というのはああいうのをいうんだろうね。智ちゃん、紅葉の時季になったら、一緒に行こうねえ」

智代《ともよ》が両手を合わせて小躍りする。

「うれしい。早くそのときがこないかなあ」

心の底から喜んでくれている。女というのは、かわいい生き物だなあ、と富士太郎はほのぼのと思った。おいらにはこういうことができないものねえ。やっぱり男を好きになるなんて、無理なのかねえ。直之進さんのことはあきらめるしかないのかねえ。どっちみち、おきくちゃんと一緒になることが決まったんだものねえ。おいらにはどうすることもできないねえ。

「富士太郎さん、どうかしたんですか」

富士太郎は目をあげて、智代を見つめた。

「おいらがどうかしたかい」

「いえ、なにか独り言をつぶやいていらしたから」

「ああ、最近、多いんだよ。歳を取ったみたいでさ」

「そんなことありません」

　智代がきっぱりという。

「富士太郎さんはお若くて、とても健《すこ》やかです。私、そんな富士太郎さんが大好きです」

「えっ、お、おいらのことが、大好きなのかい」

　富士太郎はどぎまぎした。

「はい」

「それは、お兄さんを見るような気持ちなんだろうね」

　智代が悲しげに目を落とす。

「なにか気に障《さわ》ったかい」

　富士太郎はあわてていった。

「いえ、なんでもありません」

智代が力強く首を振った。

「富士太郎さん、朝餉《あさげ》ができました。早くいただきましょう」

あ、ああ、と答えて富士太郎は智代のあとについていった。

すばらしい朝餉だった。

富士太郎はつい食べすぎてしまった。

智代は実に包丁が達者だ。あれは自分には真似できない。

料理人になれるのではないか、と思えるほどの腕前だ。

あんな娘がおいらの嫁になれば、毎日、あれだけおいしい食事ができるのだ。

ただ、それも母親の腰が治るまでだ。治れば、また屋敷を出ていってしまう。

そのことが富士太郎は、たまらなく悲しく思えた。

あれ。首をひねった。おいらはあの娘に惚れているのかなあ。まさか、そんなことがあるもんかい。これは妹を想うのと一緒に決まっているさ。

朝餉は母親の田津《たづ》とともに食した。

きいてみたが、腰の具合はあまりよくないとのことだ。それ自体、喜ぶことではなかったが、まだ当分のあいだ智代がいてくれることがわかり、富士太郎はほっとした。

ひんやりとした風を浴びながら歩を進め、南町奉行所に出仕した。

書類仕事を片づけたあと、大門のなかにある同心詰所を出た。門の下で珠吉が待っていた。

富士太郎は珠吉の顔を見つめた。

「なんですかい、なにかあっしの顔がいつもとちがいますかい」

珠吉がにこにこしていう。どうして富士太郎が顔をじっと見るか、とうに承知している表情だ。

「いつもきくけど、珠吉、疲れてないかい。大丈夫かい」

珠吉がどんと自らの胸を叩く。

「へっちゃらですよ。旦那、いったい誰にそんなこと、いってんです。あっしはここ十年、風邪一つ引いたこと、ありませんよ」

「しかし、もう歳だからねえ」

「歳ってことはありませんよ。あっしはまだ六十ですよ。若い者には、まだまだ

なくなっている。

だが、珠吉は大事な跡取《あとと》りを病で失ってしまい、楽隠居などできる状態ではなく

六十といえば、といいかけて富士太郎は言葉をとめた。とうに楽隠居《らくいんきょ》の歳だ。

負けませんからねえ」

四十前で隠居する者も珍しくない。今頃は孫を抱いていてもおかしくないのに、まだまだ富士太郎とともに働かなければならない。

「旦那、がんばりましょう」

珠吉が大きな声で励ますようにいってきた。

「あっしはへたばりはしませんから」

確かに顔色はいい。つやつやてかてかしている。そこらによくいる、くすんだような顔色をしている若者より、ずっといいくらいである。

「おいらが珠吉に負けそうだねえ」

「そんな情けないこと、いわんでおくんなさい。旦那に引っぱられて、あっしはがんばっているんですから」

「おいらは珠吉に引っぱられているんだけどねえ」

「互いが互いを引っぱる。いいことなんじゃありませんかい」

その通りだねえ、と富士太郎は深くうなずいた。

「よし、珠吉、今日も昨日の続きだよ。大砲の件の調べを進めるよ」

「合点承知。それでどこへ行きますかい」

「昨日は漁師に当たったけど、空振りだったねえ」

大砲を放つところを目にしたにもかかわらず、届けをださなかった者を探したが、見つからなかった。

目の付けどころは悪くないと思うが、また空振りになるかと思うと、少し気が萎《な》える。昨日はそれはもうおびただしい数の漁師に会って、話をきいたのだ。それなのに、なんの収穫も得られなかったのだ。

空振りを恐れていては探索などできるはずもないのだが、なんとなく方向を変えたほうがよいのではないか、という気が富士太郎はしている。

「砲術《ほうじゅつ》師に会おうと思っているんだよ」

「砲術師ですかい。心当たりはあるんですかい」

「昨日、屋敷で調べてみたんだ。おいらは知らなかったけど、この江戸ではいろんな流派があるんだそうだよ。なかには、戦国の昔からこっち、何百年も続いている流派もあるようだねえ」

「はあ、そうですか。そいつはあっしも初耳ですねえ。じゃあ、それを今日は虱《しらみ》潰《つぶ》しにして、話をきいていこうというんですね」

「そうだよ。さまざまな流派から話をきけば、なにか見えてくるものがあるんじゃないかって気がしている」

わかりました、と珠吉が元気よくいった。

「砲術師に会いましょう。それで、まずはどこに行きますかい」


富士太郎たちは、砲術師の屋敷をまわりにまわった。まさか、江戸にこんなにあるとは思えないほど砲術の流派はあった。

だが、残念ながら、こたびの大砲の件につながるような話は一つもきけなかった。どこも自分たちの流派の自慢話を延々としゃべるか、これは奥義《おうぎ》だとか、一《いっ》子《し》相伝《そうでん》だとかほざいてまったく話をしないかのどちらかだった。

この国の砲術師たちはいったいどうなっているんだい、と富士太郎は憤《いきどお》ったが、一つ、はっきりしたことがあった。

それは、江戸の砲術師たちにこたびの事件を引き起こすような真似は決してできないということだ。

つまり、と富士太郎は珠吉と話し合った。

この前ぶっ放された大砲は、異国からもたらされたものではないか、ということだ。

富士太郎と珠吉には、それ以外、考えられなかった。

ここはまた方角を転じる必要があった。

抜け荷によって、あの大砲は江戸の海上から放たれたことになるのか。

抜け荷だとしたら、どこかの廻船問屋あたりが絡んでいることになるのか。もしそうだとして、どこを当たればよいのか。

抜け荷を噂されるのは、大名では薩摩島津家、肥前鍋島《ひぜんなべしま》家が特に有名だが、江戸の廻船問屋も同じようなことをしているのではないか、というのはよくきく話だ。

富士太郎と珠吉は、明日からはそちらを探ってみることに決めた。

第三章

一

大ろうそくが、じじ、と黒い煙を発した。

それを潮に、松平武蔵守忠靖は書類から顔をあげた。疲れを感じ、目を閉じる。目に力をこめると、痛みを覚えた。

まぶたをもむ。きゅっ、きゅっと蛙が鳴くような音がし、忠靖は、またか、と思った。この音は目に疲れがたまると、必ず出てくる。疲れがひどいときほど、音も大きい。忠靖にとり、目の疲れを計る目安になっている。

按摩《あんま》などで疲れを癒せば音は消えるが、老中首座という地位にあって激務をこなしている身であるがゆえに、そうたびたび按摩にもかかれない。すると、すぐまた元の木阿弥《もくあみ》になってしまう。

これまで、同じことを何度も繰り返している。それに、歳ということもあろう。疲れが取れにくくなっているのは確かだ。忠靖は五十路《いそじ》に入って、すでに久しい。

「肩をおもみいたしましょうか」

背後に控える小姓《こしょう》が申し出る。忠靖は振り返った。小姓は二人いる。右側のやや歳のいった小姓と目が合った。苅田吉兵衛《かんだきちべえ》という男である。

「頼めるか」

吉兵衛の顔がぱっと輝く。

「はっ、よろこんで」

「では、頼む。やさしくする必要はないぞ。ぐいぐいと力をこめてやってくれ」

忠靖は前を向き、あぐらをかいた。体から力を抜く。

「失礼いたします」

吉兵衛が膝行《しっこう》してきた。忠靖の背に寄り添うような姿勢を取る。

「では、もませていただきます」

忠靖は頼む、といって下を向き、目をそっと閉じた。すぐに遠慮がちな手が肩に置かれ、ゆっくりと動きはじめた。だが、ほんの三度ばかりもんだところでとまった。

「どうした」

目を閉じたまま問う。

「いえ、強さはどのくらいがよろしいかと思いまして」

「いつもと同じでよい」

「では、強すぎず弱すぎずで、やらせていただきます」

そのいい方がおもしろくて、忠靖は微笑した。

「うむ、強すぎず弱すぎずで頼む」

再び手が動きだす。気持ちよくて、うっとりとなってしまう。このまま眠れたら、どんなにいいだろう。まさに極楽といったところではないのか。しかし、眠気に負けるわけにはいかない。決裁すべき書類は、まだ山のように残っている。眠気を抑えるためにはしゃべっているのが最もよい手立てだ。

「吉兵衛、いつも思うことだが、そなた、うまいの」

肩をもみつつ、吉兵衛が低頭する。

「ありがたき幸せ」

「教わったのは吉右衛門《きちえもん》か」

「はっ」

「穏やかそうに見えて、あれで吉右衛門は厳しいからの」

「はっ。父からは、そうではない、指先に力をこめるのではない、腹に力を入れてもむのだ、と何度もいわれました」

「口うるさかったか」

「はい。――あっ、いいえ」

吉兵衛がうつむく。ふふ、と忠靖は笑いを漏らした。

「心配せんでよい。吉右衛門に告げ口するような真似はせぬ」

忠靖は目をあけ、吉兵衛の気配をきいた。まさに一心不乱にもんでいるのがわかる。忠靖はそんな姿がかわいくてならない。

「吉兵衛、吉右衛門は、最後には必ずこういうのであろう。要《かなめ》は丹田《たんでん》である、と」

「さようにございます。まこと父の口癖になっております」

「戦国の昔、我らの先祖は丹田に力をこめて戦に臨んだというな。吉兵衛、丹田がどこか知っておるか」

「はっ。へその下あたりと父よりきいております」

その通りだ、と忠靖はいった。

「臍下《せいか》丹田というな。ここに力をぐっとこめると、勇気と健《すこ》やかさを得るらしい。いや、らしい、というのはちといいすぎか。余も吉右衛門の言《げん》にしたがって、これまでずっと丹田に力を入れてきた。それで、難局を乗り切ったこともしばしばある」

「それはようございました。父の言葉が役に立つということがあるのでございますね」

「吉兵衛、たわけたことを申すでない」

忠靖はたしなめた。口調はやわらかなものだ。忠靖が怒鳴るようなことは滅多にない。

吉兵衛が畏《おそ》れ入ってこうべを垂れる。

「これ、手がとまっておるぞ」

「あっ、はい」

吉兵衛が再びもみはじめる。心地よさが戻ってきた。

「正直申すと、吉右衛門は余に対しても口うるさい」

吉兵衛が目をみはる。

「さようにございますか」

「噂はきいておろう」

吉兵衛が目を伏せた。

「はっ。父が、畏れながら、殿にもとやかく申しあげておりますのは、それがしの耳にも入ってきております。それがし、肝《きも》の縮む思いがいたします」

忠靖は快活に笑った。

「小言をいわれるたびに、肝が縮むのは余のほうよ。昔、吉右衛門が余の守役《もりやく》をしていたのは知っておろう。あの頃から、あの男、遠慮なくずけずけとなんでもいいおった。それは家老となった今でもまったく変わらぬ。老中首座に向かっていいたい放題いえる男というのは、天下広しといえども、吉右衛門くらいのものであろう」

「申しわけないことにございます」

「謝ることなどない。余はありがたいと思っている」

「さようにございまするか」

「吉兵衛、不思議か。だが、不思議でもなんでもないぞ。吉右衛門は、余のことを無二《むに》と思うてくれておる。だからこそ、小言が出る。余は天の声と思い、ありがたく聴いておるのだ。吉右衛門の小言をきけなくなったら、それは余が見放されたということであろう」

「父が殿を見放すなどということがあるはずがございませぬ」

忠靖は深くうなずいた。

「余もそう思うておる。吉右衛門こそ余にとり、宝よ」

「そのお言葉を耳にしたら、父は喜びましょう」

「吉兵衛、そなたもうれしそうだな」

「はい。やはり父のことをほめられるのはせがれとして、うれしゅうございます」

「よいせがれよな。そなたも、余にとって無二の家臣ぞ」

「ありがたき幸せにございます」

「なにしろ、これだけ肩もみがうまい者も珍しい。本職にさせたいくらいだ」

忠靖は首を曲げて吉兵衛を見た。

「肩もみのことは冗談ぞ。余はそなたの忠義を信じておる。だからこそ、こうして背中をさらけだしている」

吉兵衛がはっとする。老中首座として敵が多いことに思いが至ったようだ。むろん、命を狙う者も少なくない。

この前の大砲騒ぎも、実はこの役宅を狙ったものではないか、という噂も漏れきこえてきている。探索は命じてあるが、真偽のほどは判明していない。

忠靖はもう一人の小姓に目を当てた。

「孫之丞《まごのじょう》、そなたも無二の者ぞ。忘れるな」

木祖田《きそだ》孫之丞が相好《そうごう》を崩す。

「ありがたきお言葉にございます」

一礼して続けた。顔が紅潮している。

「万が一、殿のお命を狙う者があらわれたら、それがし、身を挺《てい》してお守りする所存にございます」

「身代わりになると申すか。孫之丞、軽々しく申すでない」

　忠靖はやや厳しくいった。

「そなたが忠義を尽くしてくれるのはありがたいが、余はそなたのような若い者の命を散らせたくはない」

　孫之丞はまだ十六である。背筋を伸ばし、これ以上大事なものはこの世にないといわんばかりに、忠靖の佩刀《はいとう》をがっちりと握っている。その姿勢のまま、微動だにしない。

「しかし、それがしどもは、殿の御身のために禄をいただいております。お守りいたすのは当然のことと存じます」

「気持ちだけ受け取っておく」

　忠靖がいったとき、遠くで人の叫ぶ声が耳に入った。

「きこえたか」

　忠靖は二人にただした。はっ、と二人の小姓が声をそろえる。吉兵衛の手はとまっている。鳥のようにきょとんとした顔をあげて、声のしたほうに目を向けている。

騒ぎは徐々に大きくなっているようだ。悲鳴もまじっている。それがこちらに近づいてくる。

「なにごとか」

忠靖はすっくと立ちあがった。

廊下を走る音がし、失礼いたします、と襖越しに声がかかった。

「狼藉者《ろうぜきもの》にございます。ご身辺を厳重になさいますよう」

忠靖は襖をあけた。ろうそくが五間ごとに一つ灯されている廊下には薄暗さがどっしりと居座っている。家臣が膝をつき、こうべを垂れていた。

「狼藉者というのは何者だ」

「それがわかりませぬ」

家臣が苦渋の色を浮かべる。ぎゅっと唇を嚙んだ。

「我がほうは次々にやられております。いずれ闖入者《ちんにゅうしゃ》は、こちらにもやってくるものと思われます」

やられているというのは、殺されているという意味だろう。誰が、何人が犠牲になったのか。忠靖は暗澹《あんたん》たる思いを抱いた。

「賊は何人だ」

声を振りしぼるようにきいた。

「それもわかっておりませぬ。一人ではないのは確かでございます。あるいは忍びの者ではないかと」

「忍びだと」

忠靖は混乱した。今の世に忍者などいるものなのか。戦国の頃、名を馳《は》せた伊《い》賀《が》や甲賀《こうが》の忍びの末裔《まつえい》は今でもいるが、それらはとうに忍者としての力を失っている。

しかし、この屋敷に侵入してきた者は家臣たちを無慈悲に、そして無造作に殺しているようだ。本物なのではないか、という気がしてならない。

殿、と口々にいって騒ぎをききつけた家臣たちがわらわらと駆けつけてきた。忠靖の居室の襖があけ放たれる。家臣の数は一気に三十人以上にふくれあがり、厚い人の壁ができあがった。

忠靖は、押されるようにして床《とこ》の間《ま》のすぐそばまで下がった。居室は二十畳の広さがあるが、すでに人いきれを感じさせるほどになっている。灯された二つのろうそくが、人のつくる風に押されたように、炎を揺らせ、黒い煙をあげた。家臣の垣でろくに見えないが、目の前の廊下で一段と激しい喧噪がわき起こった。怒鳴り声がこだまし、鉄同士がぶつかり合う激しい音が響く。

絶叫があがると同時に、天井に届かんばかりの血しぶきがあがり、端の襖に刀の切っ先が突き出てきた。直後、刀を握る腕も突きだされた。

押されてたわんだ襖が体の重みに耐えきれなくなり、簞笥が倒れるような音を立ててどうと倒れた。

襖を抱くようにして首からおびただしい血を流しつつ、力なく畳の上に横倒しになった家臣の姿がちらりと見えた。刀をしっかりと握り締めていたものの、すでに両の瞳から光は消えかけていた。

逸《いつ》ノ介《すけ》っ。忠靖は心で名を叫んだ。だが、その声は難波《なんば》逸ノ介に届くことはなかった。

さらに続けざまに悲鳴がきこえ、そのたびに体の倒れる音が耳を打った。いったい誰がやられているのか。

さらに家臣の壁は厚くなり、四十人を超える人数がこの居室に集まった。忠靖には、なにが行われているのか、まったくわからない。どうすることもできないおのれの無力さに怒りを覚えた。

自分が出てゆき、思い切り刀を振るいたい。しかし、家臣たちがそれを許すことは決してない。

賊はいったい何人なのか。いまだに一人たりとも姿が見えない。

不意に、意外に近い場所で血が噴きあがった。耳をつんざかんばかりの悲鳴が発せられた。ほんの三間もない。

柿色《かきいろ》がちらりと視野に飛びこんできた。次いで、忍び頭巾をかぶっているらしい者の姿がはっきりと見えた。忍び装束《しょうぞく》に身をかためている。短めの刀を手にし、それを自在に振るっている。あれは、忍び刀というのだろう。

忍び刀が振るわれるたびに、家臣の頭がろうそくの炎のように揺れ、血しぶきがあがり、つっかいをはずされたように体が崩れ落ちてゆく。

四十人以上いた家臣は、今や三十人を切るほどまで減ってしまった。

どうすればよい。忠靖は自問した。家臣たちはいたずらに斬りかかっては敵にかわされ、斬り捨てられている。

しかも、敵は鎖帷子《くさりかたびら》を着こんでいるようだ。家臣の刀が当たっていないわけではないが、敵の動きをとめたり、鈍らせたりするだけの威力がない。

これではいかぬ。忠靖は心を落ち着けた。自分までうろたえてどうする。こんなざまでは家臣たちの犠牲を増やすだけだ。

賊は、九人ばかりしかいないのがはっきりした。いずれも恐ろしい遣い手だが、こちらにも遣い手がいないわけではない。こうまで家臣たちが徹底してやられてしまっているというのは、忍びとの戦いに慣れていないだけのことだろう。

それに敵は手裏剣《しゆりけん》という厄介なものを持っている。

九人が三人ずつの組をつくり、攻撃と守りを分担している。九人は円型の陣を組んで突き進んでくる。

忠靖は下知《げち》をくだした。戦場を往来している者のような大音声《だいおんじよう》を発する。

「皆の者、迂闊《うかつ》に正面から飛びこむな。まずは距離を取れ」

びくりとした家臣たちが忠靖の声に救われたように動きはじめた。これまでのろのろとした鈍い動きだったのが、ようやく生き生きとしたものに変わろうとしている。

これならいける。忠靖は確信した。

家臣たちが間合を取った。忍びたちはかまわず前に進もうとしている。

「安之進《やすのしん》、亮介《りょうすけ》、槍で右側から突け」

はっ、と答えて二人の家臣が槍を手に敵の横にまわりこんだ。槍をしごき、突きはじめる。それに応対するために、敵の動きがとまった。

「よし、孝蔵《こうぞう》、そなたはそこの三人とともに左にまわれ」

四人の家臣が敵の右翼に出た。そこから斬りかかっていった。敵が応じようとする。正面が留守になった。

「昭右衛門《しょうえもん》、今だ、行け」

家中で、遣い手の一人として知られる男である。一刀流の免許皆伝《めんきょかいでん》だ。

どうりゃあ。すさまじい気合を発して昭右衛門が刀を上段から落とす。虫けらのように殺されていった家臣たちの無念の思いを乗せたような、すさまじい斬撃である。

忍びの一人が、かろうじて忍び刀で受けとめた。その背が、首が押しこまれたように縮んで見えた。

昭右衛門がさらに刀を見舞う。敵の一人が手裏剣を飛ばしてきたが、引き戻した刀でそれをあっさりと弾き飛ばした。それから、目にもとまらぬ上段からの斬撃を再び放っていった。

忍びの一人がそれもなんとか受けたが、体勢を完全に崩した。そこに昭右衛門が振りおろしを浴びせる。

やったかに見えたが、別の忍びが昭右衛門の刀を弾いた。だが、そのかばおうとした動きのために、敵の陣形がわずかに乱れた。

「よし、喜市《きいち》、五人を率いてうしろにまわれ」

呼ばれた家臣が、密集していた敵の間隙《かんげき》を縫うように突進し、背後に抜けようとする。それを見た敵がかすかにうろたえ、忍び刀を突きだす。だが、それまでの鋭さはわずかながら減じていた。喜市たちはうまく避け、うしろにまわりこむのに成功した。三人の敵がそちらに体を向けた。

その隙を狙って、横合いから槍が伸びてゆく。これはかろうじて忍びの一人が叩き落とした。逆側からも、狙い澄ました家臣の槍が繰りだされる。これも忍びが横に払った。

予期した以上のしぶとさだが、完全に攻守ところを変えた。形勢は逆転した。これなら必ず敵を追いつめられよう。

忠靖の下知通りに、家臣たちは敵を包囲しようとしている。敵は完全にそれをきらっている。こんなはずではなかったと、焦りの色が忍びらの目に浮かんでいるのが、はっきりと見て取れた。

「よし、皆の者、今だ、同時にかかれ。一人も逃がすな」

忠靖は強い調子で命じた。死んでいった家臣たちの仇を討つ時が、目前に迫っていた。殲滅《せんめつ》できる。忠靖は掌中にしたように感じていた。

だが、次の瞬間、忠靖をめがけて手裏剣が飛んできた。危ないっ。一人の家臣が叫びざま体を投げだした。どす、といやな音を忠靖はきいた。

手裏剣を受けた家臣は、小姓の木祖田孫之丞だった。忠靖の佩刀の鞘を握りこんだまま、眼前で横倒しに倒れこんだ。ぴくりとも動かない。

忠靖は名を呼んで駆け寄った。

「孫之丞……」

両手で抱き起こした。手裏剣は胸に深々と刺さっている。十字手裏剣ではなく、棒手裏剣だ。孫之丞は血のよだれを垂らしている。それが糸を引いて、畳にいくつかの赤い筋をつくった。

「殿……」

孫之丞がにこりと笑う。

「それがしの忠義、見ていただけましたか」

うむ、と忠靖は深くうなずいた。

「確かに見届けた」

「ありがたき幸せ」

がくりと首を落とした。それきり息をしなくなった。

「孫之丞」

忠靖は深い悲しみに襲われた。涙がおびただしく出る。叫びだしたかった。実際に号泣していた。涙がとまらない。まるで泣き虫だった幼い頃に返ったようだ。涙は次から次へとわいてくる。尽きることを知らない。ふと、泣いてばかりいられないという醒めた気持ちが舞い戻ってきた。忠靖は気づいて顔をあげた。

「賊はどうした」

家臣たちがすまなそうに立ち尽くしている。

「逃げられました」

昭右衛門がぽつりといった。

どうして逃がしたのか。理由は一つだ。忠靖が狙われたからだ。それで家臣たちの動きがとまり、連携が失われ、そこを突く形で敵は逃げ去ったのだろう。

今頃、どこを走っているのだろう。屋敷の外には出たはずだ。闇に包まれた江戸を疾駆しているにちがいない。どこへ向かうのか、頭のなかで見ることができればどんなにいいだろうと思うが、自分にはそんな力はない。

「殿、お怪我は」

膝を突いて喜市がきいてきた。

「なんともない」

どこにも傷は負っていない。自分は無傷だ。それは、家臣たちの犠牲の上に成り立ったものだ。

自分一人を守るために、何人の家臣が死んでいったのか。あたりには鉄気臭《かなけ》さが充満している。壁や襖、天井にも血が飛び散り、凄惨な模様を描きだしていた。

忍びどもはいったい誰の差金《さしがね》で襲ってきたのか。

最も考えやすいのは、同じ老中である榊原式部太夫だ。

しかし、あの男があれだけの忍びの集団を配下にしたがえているというのは、どうにも考えにくい。

とにかく、と忠靖は思った。家臣たちの仇は必ず討つ。誰の命《めい》で自分の命《いのち》を狙ったのか、それを暴《あば》かなければいけない。

しかし、その前にすることがあった。家臣たちの死を悼《いた》むことだ。

忠靖は瞑目《めいもく》した。目の端から次から次へと熱いものがあふれてきた。

二

まぶたが落ちそうになる。

はっとした直之進は、目を大きく見ひらいた。

あわてて首を振る。目頭《めがしら》をもんだ。ついでにこめかみを親指でぎゅっと押した。強い痛みが走り、目がすきっとした。

この痛みは、幼い頃、悪さやいたずらをした際に受けた折檻《せっかん》を思いださせた。直之進が最初に入った私塾の師匠は、曲げた中指の突き立った先で、ぐいぐいと両のこめかみを押したのだ。

あれは泣きたくなるほど痛かった。厳しい師匠だったが、とてもやさしかった。今も忘れることはない。だいぶ老いて腰もまっすぐでなくなったが、今も幼い侍の子らを中心に手習を教えている。

直之進は目をこすった。また眠気が戻ってきている。

薩摩示現流とおぼしき者の襲撃を受けてから、一日がたった。

すでに時刻は夜の八つをすぎている。

昨夜からほとんど直之進は寝ていない。いつまた襲われるかわからず、眠ることなどできなかった。

これだけ長いこと起きているのは久しぶりだ。沼里にいたとき、剣術道場の稽《けい》古《こ》で、丸二日、眠らなかったことがあったが、あれ以来だろうか。だとすれば、六年ぶりということになる。

あのときは、わざとふらふらの状態をつくりだすという師範の狙いがあった。人というのは限界を超えると、不思議な力を発揮することがある、というのが師範の持論だった。そのために不眠で、直之進たちは剣の稽古に励《はげ》んだのである。

今はあのときに劣らない眠気に襲われている。茶をがぶ飲みし、ときにびんたを自分にくれて、まぶたを必死に持ちあげている。

「湯瀬さま、もう寝てください」

布団に横になっている忍び頭巾の男が、見かねていった。目に懇願の色がある。

声にだいぶ張りが出てきていた。これなら本復《ほんぷく》も近いだろう。

「やつらはもう来ぬでしょうから」

直之進はゆっくりとかぶりを振った。話しかけてくれると、そのあいだは眠気が飛んで、ありがたい。

「そう思って気をゆるめたときを衝《つ》かれるというのは、よくあることだ」

「しかし、昨夜、ずっと頭上を覆っていたいやな風はもうとっくに感じません。やつらは去ったんです」

「見せかけかもしれぬ」

男が頭巾の下で苦笑を漏らす。

「湯瀬さまは強情ですね」

「その通りだ。頑固者ともいわれる」

友垣には、よくそういうふうに評されたものだ。一度決めたことは頑として曲げない、と。そのあたりの融通のきかなさは、幼い頃からのものだろう。

五つくらいのときからはじめて病みつきになった剣術の稽古でも、母にあきれられたものだ。もういい加減、おやめなさい。体をこわしますよ。しかし、直之進は庭でひたすら木刀を振るい続けた。振れば振るほど上達する、という師範の言葉を信じたのだ。

そういえば、あのときの丸二日にわたって不眠という師範の猛稽古に耐えたのは、結局、直之進だけだった。あとの者はすべて途中で倒れた。

あの厳しかった稽古を終えて、それでなにを会得したかというと、直之進にはよくわからない。ただ、研《と》ぎ澄《す》まされたというのか、気配にはとても敏感になった。これまでわからなかったものを肌で感じられるようになったのは、あれが端緒だったような気がする。

ほかに、頑固な例で覚えているのは、学問の仕方である。通っていた私塾での試験のとき、『大学《だいがく》』『中庸《ちゅうよう》』からだす、と師匠がいったことがある。

師匠の試験は毎年ほとんど変わらず、どのあたりから出るというのは、先輩にきけば、すぐにわかることだった。多くの友垣は先輩たちの言に沿って、『大学』『中庸』のいくつかの部分を頭に覚えこませることで試験に臨んだ。

しかし、直之進はちがった。『大学』『中庸』のすべてを覚えて試験に挑んだのだ。友垣たちはあっけに取られたが、直之進は試験というものは楽をして受けるものではないという信念があった。

よい点を取るのが容易だからという理由で、その信念を曲げるつもりなど一切なかった。試験というのはよい点を取るのが目的ではない、という思いもあった。

こんな調子だから、堅苦しい男とまわりに思われていたのも至極、当然だろう。

今は江戸暮らしが長くなり、少しは融通がきくようになったと思う。しかしそれでも、琢ノ介には頭がかたく強情だといわれる。こんにゃくのようになれとまではいわんが、もう少しやわらかくなったらどうだ、と。

こんな性格で、これからはじまるおきくとの暮らしはうまくゆくのだろうか。いや、きっと大丈夫だろう、と直之進は楽観している。相性はひじょうにいいし、これまで苦難を乗り越えてきた者同士という見方もできるからだ。

それに、おきくはやさしい気性の持ち主の、すばらしい女性である。むろん、一緒になればさまざまな障害や困難、苦労はあるにちがいないが、二人で力を合わせれば、克服できないものは一つとしてないと信じている。

気づくと、目の前におきくがいた。直之進を見て、ほほえんでいる。どうしてここに。いつの間に来たのか。

すまなかったな、と直之進は謝った。せっかく夕餉に招待してくれたのに、すっぽかしてしまった。よいのです、とおきくがいたずらっぽい笑顔でいった。直之進さんはいろいろと面倒を抱えこむお方ですから。

直之進は、これは夢だと覚った。同時に目をあける。

残念そうな瞳が直之進をうかがうように見ている。

「どうしてそんな目をする」

「いえ、ようやく眠っていただけたと、ほっと胸をなでおろしたのに、また起きてしまわれたからです」

「どうあっても眠るわけにはいかぬからな」

「本当に頑固でいらっしゃいますね」

「まあ、性分だからな」

直之進は頭巾のなかの目をのぞきこんだ。

「一つききたいのだが、よいか。おぬし、ずっと頭巾をつけているが、暑くはないのか」

「少々は」

「顔も洗いたいであろう」

「それはもう」

男の目が柔和に細められる。

「湯瀬さまは、そろそろ顔を見せてくれてもよいのではないか、とおっしゃりたいのでございますか」

「いや、そうではない。今年はいつまでも暑いゆえ、汗も相当かいているのではないかと思っただけだ」

さようにございますか、と男がいった。

「確かに暑うございますね。湯瀬さま、脱がしていただけますか」

「よいのか」

男がこくりとする。

「汗をふきとうございますし、湯瀬さまには顔を見ていただきたく存じます。先生にもご覧に入れたいのですが」

蘭丹は隣の間で熟睡している。いびきはきこえないが、ときおり歯ぎしりが耳に届く。

直之進は、通いの蘭丹の助手に頼み、どんなことが自分の身に起きたのか知らせてもらうために、昨日の昼、米田屋に走ってもらった。米田屋の者たちがここに来たいというかもしれぬが、危ないゆえ、決して来ぬようにとも伝えてもらった。

「ぐっすり眠っておられるようですね。無理に起こすのも悪いでしょう。先生のような仕事は、ぐっすりと眠る時間が貴重ですから」

よろしくお願いします、といって男が首を傾ける。忍び頭巾は首のうしろで、紐でとめられていた。

直之進は結《ゆ》い目《め》をほどいた。忍び頭巾を頭のほうに向けて引っぱる。

思っていた以上に若い顔があらわれた。彫りが深く、目が大きい。娘に騒がれそうな顔つきだが、鼻が丸く、それが愛嬌を与えている。歳は二十代半ばか。直之進より少し歳下ではないか。

「よい男ではないか」

男が微笑する。

「湯瀬さまには負けます」

「顔色は悪くないな」

「さようですか。しかし、まだよいとはいえぬのですね」

「相当、血を流したゆえな」

直之進は、そばに大量に重ねられている手ぬぐいの一枚を手にした。男は昨日、布団ごと、診療部屋の隣の日当たりのよい部屋に移された。こちらは六畳間で、先客はいなかった。

直之進は手ぬぐいで男の顔をていねいにふいた。

「どうだ、気分は」

「ありがとうございます。だいぶよくなりました」

男がさっぱりしたという口調でいう。

「それにしても、腹が空《す》きました」

「それはよいことではないか。快方に向かっているなによりの証だ」

「湯瀬さまはなにかお食べになりましたか」

「俺か。俺は適当に食べているさ。食べすぎると眠くなるので、そのあたりは心得て腹に入れているがな」

「さすがに用心棒を生業とされているだけのことはあります」

直之進は目をこすって、男の顔をじっくりと見た。

「俺の生業まで知っているのか」

「それはもう」

当たり前ではないか、と男はいいたげだ。

「どうして俺のことをそんなに詳しく知っているんだ。調べたのか」

「いえ、調べたというようなことはございません」

「それならどうしてだ」

男がすまなそうな表情になる。

「それは、後日ということでお願いいたします」

そうか、と直之進はいった。

「まだ話せるか。疲れておらぬか」

「はい、平気です」

直之進はうなずいた。

「おぬし、いったい誰に襲われたのだ」

男は無言だ。

「ふむ、教える気は相変わらずないか」

「申しわけなく存じます」

「いや、よい。いろいろと事情はあるだろうからな。ところで、名はなんという。これも駄目か」

「いえ、それはかまいません。伊造と申します」

「よい名だな。二親がつけてくれたのか」

「祖父ときいております」

「ほう、じいさんがな。じいさんも忍びを生業にしていたのか」

はい、と男が素直に答えた。

「代々忍びの家柄か」

男がかぶりを振る。

「前にも申しましたように、忍びの真似事をしているようなものにございます。本物はまるっきりちがいます」

直之進は、端整さと愛嬌の入りまじった顔を見つめた。

「本物と会ったのか」

「はい、会いました。とんでもない者たちにございます」

「おぬしに傷を与えたのは、本物の忍びどもということか」

はい、と男が首を縦に動かした。

「強うございました」

「何者だ」

「正体は知れません。手前どもも、探索にかかろうとしたところをいきなり襲われましたゆえ、逃げるのに手一杯になりました」

「手前ども、といったな。一人ではなかったのか。ほかの者の消息は」

「わかりません。手前どもは五人いたのですが、そのうちの二人が倒されました。あっという間の出来事でした」

「逃げたそのあとはどうした」

「そのあとも、ひたすら逃げ続けました」

伊造が苦笑いを浮かべる。すぐに目を閉じ、大きく息をついた。そのときの恐怖を思い起こしたようだ。目をあけたときには、真顔になっていた。

「丸一日、追いかけられました。信じられないほど執念深い連中です」

「忍びは蛇のように執念深いというな」

「蛇なら首を落とせばすみますが、やつらは死んでもあきらめないのではないでしょうか。この泰平の世に、あんな連中がいるなど、手前、心の底より驚きました」

「何者なのか、見当もつかぬのか」

「それは、手前どもの探索に関わることなので、申しわけありませんが、口にするわけにはまいりませぬ」

伊造が疲れたように目を閉じた。

「眠くなったか」

目をあけた。瞳がとろんとしている。そこだけ見ていると、まるで赤子のようだ。

「はい、少し」

「眠ればいい」

「湯瀬さまは」

「起きているさ」

「無理はしないでください」

直之進はにこりとした。

「無理するさ。おまえさんの命を守らねばならぬ。せっかく蘭丹先生が救ってくれたのに、散らせるわけにはいかぬ」

「ありがとうございます」

伊造があらためて目をつむる。すぐに穏やかな寝息を立てはじめた。

それを見て、直之進はほっと安堵の息をついた。


はっとした。

今、俺は寝ておらぬか。

自問し、直之進はさっと目をあけた。やはり知らぬ間に、うとうとしてしまっていた。

——まったくなんというざまだ。

ふと、左側になにかの気配を感じた。目をやると、壁に大きな蜘蛛《くも》が這っていた。

忍者というのは、ああいう動きができるというが、本当だろうか。信じられない。蜘蛛は悠々と壁を動き、柱の角の隙間に消えていった。

壁にあけられた明かり取りの小窓からのぞいている空は、群青色《ぐんじょういろ》がうっすらと広がりつつある。まだ暗さがじっくりと腰を落ち着けているが、部屋のなかに明るさが徐々に浸入しようとしていた。

夜明けが近い。あとほんの少しで明け六つということだ。

伊造はどうしているか。

あっ。知らず声が出ていた。

布団の上に横たわっているはずの姿が見えない。

どこに行った、あの体で。

直之進は刀を手にあわてて立ちあがった。そのとき、はらりとなにかが落ちた。一枚の紙片だ。膝の上に置いてあったらしい。

直之進は手に取った。明かり取りの窓にかざす。

『感謝します』とていねいな字で一言だけ書かれていた。

いくらひどく眠かったといっても、自分にまったく気配を感じさせずに起きあがり、出ていくなど、やはり並みではない。

今から探しても、見つかるはずがなかった。しかし、あの傷で無理するなど無茶でしかない。

だが、それだけ鍛えていることの裏返しでもあるのだろう。

隣の間から、ひときわ大きな歯ぎしりがきこえた。無理矢理に釘《くぎ》を引き抜いているような音だ。

それが唐突にやんだ。むにゃむにゃ、となにかを食べているような音のあと、うがっ、とうなるような声があがった。

布団から起きあがる気配がした。襖があき、敷居際にでっぷりとした体が立った。線香のにおいが流れてきた。

蘭丹が、おはよう、直之進さん、と声をかけてきた。直之進が返すと、視線が直之進の前の布団に移った。

「あれ、おらんぞ」

直之進は頭をかいた。

「逃げられました」

蘭丹が目を丸くする。

「あの体で出ていったというのか」

「ええ、信じられませんが、その通りです」

直之進は紙片を見せた。蘭丹が手にし、目を落とす。

「ふむ、あっさりとしたもんだ。しかし、あの体では、もしまた襲われたら、今度こそ命はなかろう。もっとも、襲われる気づかいがないと判断したんだろうがな」

今頃、無事に隠れ家にたどりついているかもしれない。

「代《だい》はそれがしが払います」

意外そうに蘭丹が顔をあげた。

「どうして直之進さんが」

「それがしがあの男を連れてきたからです」

「気にせずともよい。あの男、きっと払いに来るよ」

いわれてみれば直之進もそんな気がしていた。伊造には、そういう律儀さが感じられた。

蘭丹が明かり取りの窓を見やる。

「だいぶ明るくなってきたな。今日もいい天気になりそうだ。——直之進さん、用心棒仕事は終わったが、これからどうする。朝飼をつくろうと思うが、一緒に食べてゆくか」

「蘭丹先生がつくるのですか」

「そうだ。これがけっこういけるんだぞ」

「本当にかまわぬのですか」

「ああ、一人分も二人分も手間に変わりはない。それに、飯というのは、やはり一人で食べるより二人で食べたほうがうまい。わしが一番好きなのは、大勢でわいわいと食べるやつだけどな、そんな機会はなかなかないものでな」

直之進は蘭丹の言葉に甘えることにした。伊造がいるあいだは、しっかりとした食事はとれなかった。蘭丹の助手がつくってくれた握り飯ぐらいだった。

蘭丹にいわれるままに、直之進は小用をすませ、洗顔を終えた。顔の脂が取れて、すっきりした。

蘭丹が手早く朝飼をつくりあげた。台所をのぞいたわけではないが、すばらしい手並みであるのは感じ取れた。

蘭丹には妻がいたが、卒中《そっちゅう》で他界したときく。蘭丹といえどもその病はいかんともしがたく、妻ははかなくなった。

その後、一年のあいだ、蘭丹は泣き暮らしたらしい。仕事もろくに手がつかなかったようだが、患者のためにと必死に心を励まし、なんとかこなし続けたという。

それが三年ばかり前の話である。蘭丹の部屋には位牌が置かれ、毎日、線香の煙が絶えないそうだ。

一年も泣き暮らしたというのは、すごいことだ。そんなに惚れられて、妻は本望ではなかったか。だが、やはり一緒に生きていたかっただろう。妻のほうも蘭丹を心から信頼し、一途《いちず》に好いていたにちがいない。

自分たちもそういう夫婦にならなければ、と思う。いや、きっとなれる。直之進には確信があった。

「直之進さん、なにを考えている」

「あっ、いいえ」

二つの膳を手にした蘭丹がにやりとする。

「おきくちゃんのことだな」

「はい」

「ほう、正直だな。まあ、そのほうが人間、楽だからな。嘘をつくのは、わしなどは面倒くさくてならない。嘘の上塗りというが、そんなのは本当に苦しいよな」

嘘をついたがゆえに、また嘘を重ねる。確かにつらいことだ。

「よし、食べてくれ」

蘭丹が膳を直之進の前に置いた。蘭丹が目の前に座る。

膳にのっているのは、ほかほかと湯気をあげる飯のほかに、梅干し、たくあん、海苔《のり》、納豆、わかめの味噌汁というものだ。

「すごいですね」

「そうだろう」

蘭丹が破顔する。

「わしは、以前は料理などまるでできなかった。それが妻が死んで、自分でつくるよりほかなくなった」

後添《のちぞ》えを迎える気は、まったくなかったということだ。

「妻は包丁が達者でな、なにをつくらせても実にうまかった。なにがいいって、心映えのやさしさがにじみ出ていたことだなあ。直之進さんにも食べさせてやりたかった」

それはさぞおいしかったことだろう。

「わしも妻の味に負けぬようにがんばっているんだが、まだ足元にも及ばないというのが本当のところだな。ま、食べてくれ」

いただきます、といって直之進は箸を手にした。

「驚かんでほしいんだが、梅干しもたくあんもわしが漬けたものだぞ」

直之進は瞠目《どうもく》した。

「えっ、それはすごい」

「驚かんでほしいといったのに、直之進さん、驚いたな」

「そりゃ驚きます」

実際、蘭丹の腕はすばらしかった。飯は甘みがあり、嚙むと目を閉じたくなるほどうまかった。しっかりとだしが取られた味噌汁もこくがあって、わかめの旨みが巧みに引きだされていた。梅干しはというと、これは跳びあがるほど酸っぱかった。たくあんはこりこりとした歯応えで、飯が進んだ。

蘭丹によると、梅干しは妻譲りだそうだ。妻の漬けた梅干しは、もっと酸っぱかったという。

「顔がひん曲がるというのは、ああいうのをいうんだろうなあ。でも、実にうまくてなあ」

蘭丹は楽しげにいった。目がかすかに潤んでいた。

直之進は楽しく食事を終えた。

「直之進さん、早く行きなされ」

「えっ、どこへですか」

「それはわしがいう必要はなかろう。きっと待っておるぞ」

「ご配慮、感謝します」

直之進は手早く身支度をすませた。深く礼をいって蘭丹の診療所をあとにした。出たのは表口からだ。

蘭丹が見送ってくれた。

「なにか体の具合がおかしいと思ったら、無理をせず、すぐに医者に診せることが肝要だよ」

「わかりました」

「返事だけはよいが、わからぬ者がけっこう多いんだ。どうしても代を気にしてしまうんだな」

気持ちはよくわかる。医者の代というのは決して安いものではない。

「米田屋の皆さんによろしくな」

承知しました、と答えて直之進は深々と腰を折った。お世話になりました、といった。

「わしがもし用心棒の世話になるときは、直之進さんに頼むことにするよ。用心棒魂というものを見せてもらったからね」

「ありがとうございます。よろしくお願いいたします」

顔をあげた直之進は蘭丹に笑いかけてから、きびすを返した。しばらく歩いて、静かに振り向いた。蘭丹がまだそこにいて、手を振ってきた。

直之進は振り返した。ほんの二日ばかりすごしただけだが、診療所の建物が妙になつかしい。

道はすぐに東古川町に入った。勝手知ったる気分でずんずんと進んでゆく。やがて見覚えのある建物が見えてきた。こちらもずいぶんとなつかしい。夜が明けて間もないが、すでに暖簾《のれん》がだされ、風にほんのりと揺れていた。はやる気持ちを抑えきれず、足早に歩いた直之進は暖簾をくぐった。

「あっ、直之進さん」

広々として、明るさを感じさせる土間から一段あがった狭い畳敷きの間にいたのは、おれんだ。おきくとは双子で、まさに瓜二つだが、直之進には初めて会った当初から見分けがついた。

おれんが帳場格子《ちょうばごうし》をまわって、あわてたように土間に降りてきた。そばに寄ってきて、まじまじと直之進を見ていたが、気づいたようにうしろを向くや、おきくちゃん、と大きな声をかけた。

「直之進さんよ」

まるですぐ近くにいたかのように奥暖簾を分けて、おきくが顔を見せた。直之進を認めて土間におり、足をもつれさせて駆け寄ってきた。直之進に抱きつきそうになったが、かろうじてとどまった。直之進をじっと見る。目から涙があふれた。次から次へとわきだしてきて、とめどがない。

直之進は手を伸ばし、おきくの肩をそっと抱いた。

「泣かずともよい。しかし、すまなかった。心配をかけたな」

いえ、とおきくが涙を流しながらかぶりを振る。いいにおいが鼻孔をくすぐる。直之進は胸一杯に吸いこんだ。これがおきくの香りだ。心がすっと静まる。帰り着くべきところに帰ったという感じがした。

「湯瀬さま」

奥暖簾を二つに割って、あるじの光右衛門が顔をのぞかせている。相変わらず細い目をし、顎はえらが張ってがっしりしている。岩でもなんでも噛み砕けるのではないかと、光右衛門の顔を見るたびに、直之進は思う。

しかし、義父になる男だ。これまでは遠慮なくそんなことをずけずけいっていたが、これからはそういうわけにもいかなくなろう。光右衛門は気のいい男だから、別にかまわないですよ、といってくれるだろうが、やはりけじめというものは必要だ。

光右衛門が前に出てきた。ほっと肩から力を抜く。

「蘭丹先生からお知らせはいただいていましたけど、ご無事でなによりでした。こうしてお顔を拝見すると、さすがに安堵いたしますなあ」

「すまぬ。心配をかけた」

「いいえ、ご無事な姿を見られれば、それで十分にございますよ」

直之進、と別の声が奥から呼んだ。見ると、蘭丹ほどではないが、腹がでっぷりとした男が奥暖簾のところに立っている。顔は隠されて見えないが、誰かは一目でわかる。

「琢ノ介ではないか」

「どうしてわかるんだ」

琢ノ介が暖簾を上に払いあげた。意外そうな表情をしている。

「わからぬはずがなかろう。そんなみっともない腹の持ち主は、この界隈ではおぬしだけだ」

琢ノ介があきれ顔をする。

「直之進、相変わらず口が悪いな」

光右衛門を見やる。

「こんな口が悪いのを、本当におきくの婿にするのか。考え直したほうがよいのではないか」

「口の悪さでしたら、平川《ひらかわ》さまのほうが上でございましょう」

「そんなことはあるまい。わしは人の悪口など一切いわぬ」

「悪口は確かにおっしゃいませんが、その人を前にしたときはかなり遠慮のない口をきかれますからね。手前など、ときにはらはらしますよ」

「ほう、はらはらさせているのか。それはすまんな。ところで米田屋、腹が減ったが、朝飯はまだか」

「えっ、先ほど召しあがったばかりではありませんか」

「先ほど召しあがったって、食っておらんぞ」

「いえ、うどんを召しあがったじゃありませんか」

えっ、と琢ノ介が驚く。

「あれが朝餉だったのか」

「さようにございますよ。たっぷり召しあがったではありませんか」

「そうか。あれがそうだったか。わしの場合、白い飯がないと、朝飯にはなり得ぬのだ」

「その分、昨夜はたくさん召しあがったではありませんか。五合は胃の腑《ふ》におさめられましたよ」

「そんなに食べたのか」

直之進は感嘆の声を発した。

「それは人間業《わざ》ではないな。その腹も納得というものだ」

琢ノ介がいとおしげに腹をなでさする。

「まったく無礼なやつだな。この腹はわしのせがれも同然なんだぞ。しかも、わしを大食らいみたいにいいおって。そんなんだから、直之進、おまえはいい仕事を逃すのだ」

「どういう意味だ」

「言葉通りの意味だ」

「いい仕事というと」

直之進は光右衛門にたずねた。

「ええ、まことにいい仕事だったのですよ。手前は湯瀬さまにご紹介するつもりでいたのですが、残念ながら平川さまに横取りされました」

「横取りなどと、人ぎきの悪いことを申すな。ここは口入屋だ。先に来た者が割のよい仕事にありつくのは当然のことだろう」

「それはそうでございますが」

「だいたい娘婿になる男にいい仕事をまわそうなどというのが、けちくさくて、みみっちいのだ」

「そのけちくさい店に、飯をたかりに来ているのはどこのどなたでございますか」

「たかりに来ているわけではない。馳走になりに来ているだけだ」

琢ノ介はぷりぷり怒っている。といっても、これは芝居だろう。

「それでどんな仕事なんだ」

直之進は二人のあいだに入った。

「ばあさまのお守りよ」

「ばあさまというと」

「隣町の隠居のお内儀にございます」

「いい仕事というと、賃銀は」

「それが一日に一分でございます」

となると、四日で一両になる。

「そいつはすごい」

「でございましょう。ですから、手前は湯瀬さまにおまわしいたしたかった」

「ふん、どうせ、ばあさまだから直之進にまわそうとしたんだろう。なにしろ直之進は若いおなごにもてるからな。ばあさまなら、おきくも安心というわけだ」

「おぬしは、ばあさまや女房衆に人気があるではないか」

「そうよ。だからわしにぴったりの仕事というわけよ。ゆえに、直之進、わしをうらむなよ」

「よかったではないか。俺はおぬしがいい仕事にありつけて、ことのほかうれしい」

「本気でいっているのか」

むろん、と直之進は答えた。

「金運に恵まれているとはいいがたいおぬしがそんないい仕事を得るなんぞ、これから運がひらけるなによりの証ではないか」

「運がひらけるか。うん、とてもよい言葉よな」

湯瀬さま、と光右衛門が呼びかけてきた。

「あまり平川さまを喜ばせなさいますな。急転直下というのが、よくあるお方にございますぞ」

なに、と琢ノ介が声をあげる。

「急転直下というのはどういう意味だ」

光右衛門が細い目をさらに細めて、にんまりとする。

「運がひらけるように見えて、実は、ということでございますよ」

琢ノ介が光右衛門をにらみつける。

「こたびのは、そういう仕事なのか」

「いえ、そういうことはございませんよ。平川さま、そろそろお約束の刻限ではございませんか」

「むっ。確かに。六つ半には来てほしいとのことだったな」

琢ノ介が暖簾を払って、店の外に出ようとした。ちょうど米田屋にやってきた者とぶつかりそうになった。琢ノ介がよける前に、その者が身軽に横へ跳んだ。今のは、と直之進は思い、戸口に向かった。琢ノ介が、おぬしは確か、と男にいっている。

直之進は外に出た。

「おう、やはり和四郎《わしろう》どのではないか」

「ご無沙汰しております」

和四郎がていねいに辞儀する。この男は勘定奉行の枝村伊左衛門《えだむらいざえもん》の家臣である。枝村には登兵衛《とうべえ》という家臣もいるが、仕事にかかる場合、登兵衛が和四郎の上に立つ形になっている。実際の序列も登兵衛のほうが上なのは紛れもない。登兵衛にはほかにも何人かの配下がいるが、和四郎に対する信頼が最も厚いようだ。登兵衛や和四郎たちは、幕府の隠密の仕事をこなしている。

隠密というと、まるで忍びの仕事のようだが、登兵衛たちは忍びではない。

「和四郎どの、本当に久しいな。一別《いちべつ》以来だ」

はい、と和四郎がうなずく。なつかしそうな色が瞳に浮いている。

「それで今日はどうしてこちらに」

直之進は、和四郎が急いでいるような気がして、すぐさま本題に入った。自分に用があり、留守にしている長屋から米田屋にまわってきたのではないか。

「仕事を頼みにまいりました」

和四郎が静かに告げた。

「米田屋にか」

いいえ、と案の定、和四郎が否定する。

「米田屋さんにはまことに申し訳ないのですが、湯瀬さまにございます」

三

足をとめた。琢ノ介は店の屋根に掲げられた扁額《へんがく》を見あげた。千代田屋《ちよだや》と大きく記されている。

うむ、合っているな。

呉服屋である。朝がまだ早いというのに、もう店はあいている。裕福そうな客たちが、大きな暖簾をひっきりなしにくぐってゆく。

なかをのぞき見ると、大勢の客が広間にあがりこみ、番頭や手代と品物を前に談笑している。いずれもにこやかな笑顔を見せていた。ばあさんと若い娘というちがいこそあるが、ほとんどが女客で、心から楽しそうだ。

母娘で来ている客も多いようだ。武家も少なくない。外で供らしい者が何人も待っている。陽射しを避けて路上に座りこみ、暇そうに煙草の煙を噴きあげている者ばかりだ。

女という生き物は、本当に買物が好きだ。男には、なかなか解せない心の働きといってよい。

それにしても、と琢ノ介は思った。米田屋から話はきいていたが、予期した以上の繁盛店だ。一日一分の給銀《きゅうぎん》も納得というものである。

琢ノ介は手ぬぐいを懐から取りだし、汗をふいた。汗をだらだら流したままなかに入るわけにはいかない。

表口から行かないように、と光右衛門からいわれている。琢ノ介は店の脇にある路地を見つけ、そこに入った。両側を商家の高い塀にはさまれている路地である。

十五間ほどの長さの路地を通り抜け、裏手に出た。裏口はすぐに見つかった。塀がそこだけすっぽりと切り取られている。

裏口の戸を叩いた。応《いら》えがあり、どちらさまですか、と若い女の声がいった。

琢ノ介は名乗った。

「ああ、平川さまでございますか。米田屋さんから話はきいております。――山」

「山とはなにかな」

「合言葉でございます」

琢ノ介は面食らった。合言葉など光右衛門からきいていない。向こうは息をひそめて待っているようだ。

仕方あるまい。ままよ。

「川」

思い切って告げた。かすかにきしんで、戸が店側に向かってひらいた。

これで合っていたのか、と琢ノ介は仰天した。

そこに立っていたのは、やはり若い娘だ。奉公人ではなく、この店の娘かもしれない。着ている者が上質だ。華やいだ感じはするものの、どこか抑えられている。決して浮いていない。こういうのは高価な着物と、相場は決まっている。

琢ノ介がなかに足を踏み入れると、戸は閉められた。

「世津《せつ》と申します」

娘が腰を折って名乗る。琢ノ介はあらためて名を告げた。

「ここの娘さんかな」

「はい。一人娘です。十七歳です」

「十七か。なにをしても楽しくて、だけどつらい年頃だな」

お世津がにこりとする。左の頬にえくぼができる。目がくりくりと動き、陽射しを弾くように輝いている。好奇の心がかなり強い娘のようだ。やや太っているが、琢ノ介にくらべればやせている部類だ。

お世津が口をひらいた。小さな八重歯がのぞいた。

「平川さまは、かなり苦労をされてきたようですね。今のは、とても含蓄《がんちく》のあるお言葉です」

「含蓄というほど大袈裟なことをいった覚えはないが」

琢ノ介はお世津を見つめた。お世津がぽっと頰を染める。

「すみません。私、あまり家の人以外の男の人と話をしたことがないものですから、すぐにあがってしまって」

「そういうふうには見えんな」

「今日、浪人さんが見えるというから、わくわくして待っていたんです。昨日はなかなか寝つけませんでした」

琢ノ介は心中で目をむいた。

「浪人が珍しいのか」

「はい、初めてお会いします」

そうか、と琢ノ介はいった。

「お世津ちゃん、こう呼んでかまわぬかな」

「もちろんです」

お世津が元気よく答える。

「ところで、わしは米田屋から合言葉をきかされておらぬのだが、合言葉は、本当にあったのかい」

いいえ、とお世津がいった。

「私が勝手につくりました。合言葉に答えてくれる人なら、きっと楽しい人だろうなあって思って」

「わしは合格ということかな」

「もちろんです」

お世津がうれしそうにいう。

「用心棒を頼みたいというのは、お世津ちゃんのおばあさんか」

「そうです。おいとばあちゃんです」

「おばあさんとは仲よしなのか」

「はい、とても。お店が忙しくて、おっかさんも駆りだされるものですから、私はおばあちゃんに育てられたようなものです」

「さっそく会わせてくれるかい」

はい、と素直にいってお世津が先導する。こちらは家人たちの住まいだろうが、さすがに広い。木々には手が入り、さまざまな花があちこちで咲き誇っている。その上をうれしそうに小鳥たちが枝から枝に飛んでいる。鳴き声がうるさくて、こちらです、というお世津の声がきこえにくいくらいだ。

木々が切れて、不意に琢ノ介の目の前にあらわれた家は、まるで武家屋敷のようだ。かなり金のかかったつくりであるのは、一目で知れた。柱が太く、美しい。富裕な商家というのは、本当に金を持っている。

「すごい家だな」

「平川さまはお武家ですから、広い家にお住まいなのでしょう」

「とんでもない。長屋暮らしだ」

「えっ、さようですか」

「禄をいただいていた頃は、確かに広い屋敷を与えられていた。しかし、ここよりずっと狭かった」

「ああ、そうなのですか。どうして禄を離れられたのですか」

「まあ、いろいろあってな」

「さようですか。なにがあったか、いつかお話しくださいね」

お世津は真剣な表情を崩していない。こうして頼めば、きっと話してもらえると信じている。

「うむ、そうしよう」

琢ノ介は沓脱石から母屋《おもや》にあがった。

「こちらです」

長い廊下をほんの一間ほど歩いて、お世津が立ちどまった。腰高障子に明るい日が当たり、廊下に光を散らしている。

「おばあちゃん、平川さまが見えたわよ」

お世津がなかに声をかける。

「まちがいなく平川さまね」

「ええ、まちがいないわ。命を狙うような者があんなくだらない合言葉に答えてくれるわけがないから」

命を狙われているのか。どんな理由かはこれからだが、琢ノ介は身が引き締まる思いがした。

それにしても、くだらない合言葉とは。あれにはそんな意味があったのだ。確かに、人を殺しに来た者が、あの合言葉にのんびりと乗るはずがない。

「入ってもらって」

はい、とお世津がいって、腰高障子を横に引く。掃除の行き届いた八畳間があらわれた。家財はほとんどない。正面にでんと大きな仏壇があり、位牌が置かれている。ほかには、隅に小さめの文机があるだけだ。

線香のにおいが濃い。これは風を入れてももう取り払われないにおいだ。部屋に染みついてしまっている。

厚みのある座布団の上に、ちんまりとしたばあさんが座っていた。歳はまだ六十にはいっていないだろう。そんなにしわ深くはなく、背筋も伸びている。光右衛門によれば、当主の甚五郎《じんごろう》の母親ということだ。名は、お世津がいったようにおいとという。

「どうぞ、こちらに」

ばあさんが手招く。

琢ノ介は、お世津が敷いてくれた座布団をわきにどけ、畳の上に正座した。頭を下げ、名乗った。

「よく来てくれましたね。待ちかねておりました」

ばあさんは、いとと申します、と畳に両手をそろえた。

「頭をあげてくだされ」

その声がきこえなかったように、おいとは畳に額をつけたままじっとしていた。

ようやくあげたときには、目に涙が光っていた。

「どうして泣いているのかな」

「ずっと怖かったものですから」

「命を狙われているのかい」

「はい」

こくりと顎を動かした。

「誰に」

「わかりません」

「どうして命を狙われているんだい」

「密談をきいてしまったからです」

「どんな密談だい」

「内容はほとんどきいていないんです。ただ、まつたけ、とだけきこえました」

琢ノ介は心で目をみはった。冗談で泣くはずがないから、本人は大まじめなのだ。

「松茸か。それはどこできいたんだ」

「料亭です。馬浮根屋《ばふねや》さんといいまして、とてもおいしい料理をだすところでございます」

馬浮根というのは珍しい名だ。どんな意味があるのだろう。意味はないのか。しかし、なんとなくつけた名とは思えない。

「その料亭は松茸もだすのか」

「それは季節になれば。しかし、私がきいたのはついこないだですから、松茸の時季には少し早すぎます」

「そうか。しかし、まだあまり涼しくならないとはいえ、暦の上では秋だ。料亭なら松茸のことが話題に出ても、なんらおかしくないだろう」

「料亭の人がいっていたんなら、私もおかしいとは思わないんです。まつたけといった人は、お武家だったんです。離れにいた六人組です」

「しかし、侍が松茸の話をしても変なことはないぞ」

「それはそうなのですが」

おいとが一つ息を入れた。

「五日ばかり前、私、仲のよい人たちと馬浮根屋さんにまいりました。離れに通され、お酒も少々すごしてしまって、私、厠《かわや》に行きたくなりました。厠は庭の隅にありまして、用足しを終えて、離れに戻ってまいりましたけど、あの店はかなり広いんです。私、まちがえて別の離れの障子をあけてしまったんです。そこには、三人ずつ両側に分かれて座るお侍がいらしたんです」

なるほど、と琢ノ介は相づちを打った。

「障子をあけたかあけないかというそのときに、まつたけ、という言葉が耳に飛びこんできました。まつたけってなあに、といって入ろうとしたら、知らない人がずらりと並んでいて。私、全部で十二の目ににらまれてしまって、あわてて障子を閉めて、その場を離れました。怖くて怖くて、すぐに馬浮根屋さんを出ました。いま考えればどうしてあんなことをしてしまったのだろう、と思います。沓脱石には、男物の草履や雪駄《せった》だけがたくさん並んでいたのに」

そうか、と琢ノ介はいった。

「それで、その侍たちに命を狙われていると思っているのか。おいとさん、そのあと危険な目に遭ったりしたのかい」

いいえ、とおいとがかぶりを振った。

「そういうことは一切ありません。でも、今そこに誰かがいて、こちらに目を向けていたんじゃないかって感じることは何度かありました」

「これまで視線を感じるようなことはなかったのかい」

「ええ、私は鈍いほうで、そんなものは一度たりとも感じずに、この歳まですごしてきました」

琢ノ介はしばし考えた。

「一緒に行ったという仲のよい人たちというのは誰かな」

「相模屋《さがみや》さんのおばあさんのおたけさん、その孫のおりくちゃんです。うちらは私とお世津です」

「私とおりくちゃんが仲よしなんです。踊りのお師匠さんが一緒なんですよ。一度、おりくちゃんがうちに来たとき、おばあちゃんに会わせたんです。逆に私がおりくちゃんの家に遊びに行ったとき、おたけさんに会わせてもらったんです。

そうしたら、なんとなく互いのおばあちゃんを会わせてみようってことになって。うちのおばあちゃんとおたけさん、踊りとお芝居が大好きなこともあって、すっかり仲よしになったんです」

琢ノ介はうなずいた。

「お世津ちゃんはなにか視線を感じたようなことはあるかい」

お世津が一瞬、すまなそうにおいとを見た。

「……ありません」

「相模屋の二人はどうかな。なにか視線とか身の危険についていっているかな」

「いえ、いっていません。でも、相模屋のお二人はなにも見ていませんから」

「それはそうなんだが、念のためだ」

琢ノ介は、替えたばかりのようにきれいな畳に目を落とした。まつたけ、という言葉になにか意味があるのだろうか。松茸といえば、土瓶蒸《どびんむ》しが一番うまい食べ方だと琢ノ介は思う。それ以外、まつたけ、というのはなにかあるか。

人の名だろうか。たとえば、松本竹三郎とかいう者の名を縮めて呼べば、まつたけになる。

あれ。琢ノ介は頭をひねった。なにか有名な者もまつたけではないか。ここまで出かかっているのにどうしても思いだせなくて、そのことを琢ノ介はおいととお世津にいった。

「ああ、人の名かもしれないというのは鋭いですね。さすが平川さまです」

お世津が、さすがに用心棒をやるような人はちがうといいたげな瞳で見る。

「それでしたら、今の老中首座の松平さまはいかがですか」

それだ、と琢ノ介は思った。老中首座の松平武蔵守忠靖は、お世津のいう通り、縮めていえば、まつたけだ。馬浮根屋という変わった名の料邸にいたという六人の侍が口にした、まつたけというのは、まさか老中首座を指しているのではないだろうな。

老中首座ならば、敵は多かろう。殺したいと思っている者も少なくあるまい。そういう者が馬浮根屋にいたのだろうか。

まつたけという言葉をきかれ、六人が殺気を放ったのは事実だろう。だが、ばあさんを付け狙って殺すというのは、やはり考えにくい。

一つ考えられるのは、侍とおいとが顔見知りだった場合である。もし老中首座を害そうと考えており、実際に万が一のことがあったとき、侍がおいとの口封じを考えてもおかしくはない。

「おいとさん、六人の侍だが、見知った顔はいたかい」

おいとが首を横に振る。

「いえ、いませんでした。もちろん六人のお侍の顔をすべてちゃんと見たわけではないんですけど、知り合い、顔見知りという人はいませんでした」

とりあえず、馬浮根屋という料亭に行ってみたかった。そこであるじなり、女将なり、奉公人なりに話をききたい。そうすれば、なにかつかめるかもしれない。

そのときだった。腰高障子の向こうに足音がし、それが部屋の前でとまった。失礼いたします、と腰高障子があいた。

あらわれたのは、四十近いと思える男だ。額が広く、てかてかしている。頬もつやつやと輝いていた。どこかお世津に似ている。ということは、ここ千代田屋のあるじの甚五郎にちがいあるまい。

甚五郎と思える男がおいとの横に座り、挨拶してきた。やはり甚五郎だった。

琢ノ介は名乗った。

甚五郎が顔をあげ、見つめてきた。意外に澄んだ瞳をしている。

「平川さんとおっしゃいましたか、このたびは面倒なお願いをすることになりまして、まことに申しわけなく思っている次第にございます」

「申しわけないというのは」

「命を狙われているというのは、うちのばあさんの勘ちがいでしかないと思うからでございます」

「勘ちがいでなかったら」

「しかし、こんな年寄りを殺そうなどと、いったい誰が考えましょう。まして、松茸という言葉をきかれたからなどと、冗談としか思えません」

「おとっつあん、まつたけというのは、もしかしたら、とてもお偉い方を指すのかもしれないのよ」

甚五郎が眉をひそめる。

「お世津、おまえまで一緒になって。お偉い方というのはどなただい」

お世津が小さな声で告げた。

「ええっ、老中首座の松平さま」

さすがに甚五郎は驚いたようだが、すぐに声をあげて笑った。

「どうして笑うの」

「だってあり得ないじゃないか。老中首座だなんて、雲の上の人だよ。手前どもとはまったく縁のないお方だ」

「しかし、老中には逢対日《あいたいび》というのがあって、その日、老中の役宅では町人でも会えるというんだが、あるじ、それは知っているか」

「はい、きいたことがあります」

「だから、老中首座といっても、雲の上の人ということはない」

はあ、と甚五郎がいった。

「とにかく平川さま、お約束通り、日に一分、必ずお支払いいたします。まことに申しわけないのですが、おっかさんのお守りをよろしくお願いいたします」

甚五郎は、おいととお世津にちらりと視線を当てて部屋を出ていった。腰高障子が静かに閉まった。

「まったく失礼しちゃう」

お世津が怒りだした。

「お守りだなんて、おばあちゃん、本気で怖がっているのに。あんなおとっつあん、大嫌い」

「ありがとうね、お世津。私のために怒ってくれて」

「怒るのは当たり前よ。おばあちゃんはおとっつあんのおっかさんでしょ。それなのにあんな失礼なことをいって、まったく親孝行って言葉、知らないのかしら。お年寄りを大事にしない家は、たいてい駄目になるのよ。この家もきっと長くはないわね」

思い切ったことをいうなあ、と琢ノ介は感心した。

「お世津ちゃんは、おいとばあさんのことが大好きなんだな」

「この世で一番好き」

それをきいて、おいとが涙ぐむ。

「ありがとうね、お世津。わたしゃ、この歳まで生きてきて本当によかったと思うよ」

琢ノ介はしばらく仲むつまじい祖母と孫の二人を眺めていた。

「馬浮根屋という料亭は近いのかい」

「はい、ここから五町くらいです」

お世津が教えてくれた。

ほう、と琢ノ介は嘆声を発した。そんなに近いところにおいしい料亭があるなど、知らなかった。もっとも、料亭など、浪々の身になってから、とんと縁がない。

「行かれるのですか」

「話をききたい。だが、用心棒を引き受けた以上、おいとさんのそばを離れるわけにはいかぬ」

「三人で一緒に行けばいいじゃないですか」

お世津があっさりという。

「私がおばあちゃんを見ます。馬浮根屋の近くに茶店がありますから、そこで待っています。あの茶店はいつもはやっていますから、誰もあそこで殺そうなどと考えることはないはずです」

お世津の言葉はもっともだった。琢ノ介はしたがうことにした。

「では、さっそく出かけようか」

五町も歩かなかった。

女の足では少し遠く感じるかもしれない。まして、裕福な家の者だ。ふだん、出かけるときは駕籠《かご》を使うのではないか。

馬浮根屋は、黒い門構えに黒い塀、黒い母屋と黒づくしだった。濡れたような黒が青空に映えて、しっとりと美しい。

一目見て、高そうだ、という思いを琢ノ介は抱いた。おごってもらわない限り、一生、暖簾をくぐるようなことはあるまい。

もっとも、まだ午前の早い時刻ということもあり、暖簾はかかっていない。ただ、店のなかに人の気配はしている。掃除や仕込みをしている最中のようだ。

琢ノ介は振り返った。半町ほど向こうに茶店があり、おいととお世津の二人は縁台に腰かけている。

なんの変哲もない茶店だが、お世津のいう通り、どんな理由があるのか混んでいる。お世津によれば、饅頭《まんじゅう》が美味ということだから、帰りにでも寄ってみようと思っている。

琢ノ介は黒い門を入り、碁石《ごいし》を大きくしたような黒くて丸い敷石を踏んで、戸口の前に立った。頼もう、と大音を発した。

待つほどもなく、はい、と男が出てきた。がっちりとしている。上背も琢ノ介が見あげるほどだ。白い着物を着こみ、見るからにこざっぱりとした格好をしている。歳は四十すぎといったところか。

「なにかご用でしょうか。まだ店はあいていないのですが」

琢ノ介はとりあえず名乗った。言葉を続ける。

「五日前の昼間のことで、ちと話をききたいんだ」

「五日前の昼にございますか」

「そうだ。その前におまえさんは何者かな」

これは失礼いたしました、と男が頭を下げた。

「この店のあるじの箱右衛門《はこえもん》と申します」

「えっ、主人かい」

いきなり主人に会えると思っていなかったから、琢ノ介はこの幸運を心ひそかに喜んだ。

「この店に離れはいくつあるんだい」

　琢ノ介はすぐさま問いをはじめた。

「五つにございます」

「五日前の昼、六人の侍がいた離れがあったはずだが、覚えているか」

　箱右衛門が考えこむ。

「いえ、覚えておりません」

「まことか」

「はい。あの日の昼はすべての離れが埋まっておりました。しかし、全部、お客さまは町人の皆さまでございました」

「記憶ちがいということはないか」

　箱右衛門が瞳に光を宿した。

　琢ノ介は目をみはりかけた。尋常ではない光り方だ。常人でここまで光を発する者は、そうはいない。

「ありません」

箱右衛門が自信たっぷりにいった。

「離れにどういう客が入っていたか、すべていえるか」

「はい、それはもちろん」

箱右衛門がすらすらという。五人組の女客、四人組の女客、隠居夫婦、二人の子供を含めた七人の一家、そして一組の夫婦とのことである。

「申しわけないが、離れを担当している奉公人を呼んでもらえぬか。そういう者はいるのだろう」

「よろしいですよ」

快諾して箱右衛門が奥に姿を消した。すぐに一人の女中らしい女を連れて戻ってきた。女にしては鋭い目をしていた。笑顔になると、柔和な感じを帯びた。

琢ノ介は五日前の離れのことについてきいたが、女中は箱右衛門と同じ答えを返してきた。

これ以上、突っこんでも仕方ないと琢ノ介は判断した。

「ところで馬浮根屋というのは、どういう意味があるんだ」

箱右衛門が苦笑する。

「よくきかれるのですが、手前どももわかりませんで。この店を興《おこ》した先祖がつけた名で、以前は由来《ゆらい》が伝わっていたそうなんですが、今はわからなくなってしまっています」

「そいつは残念だ」

琢ノ介は手間を取らせた礼をいって、馬浮根屋をあとにした。茶店に向かって歩を進めつつ、意味のないことをしちまったな、と琢ノ介は反省した。離れの件は、あるじと女中が口裏合わせをすればいい。

しかし、なんとなくこの店は怪しいと勘が告げている。どうしてそんな勘が働くのか。

あるじの箱右衛門の瞳の光だ。あんなに光る瞳の持ち主が、ただの料亭のあるじのはずがない。女中も女にしては目が鋭すぎた。

あの店は裏で必ずなにかやっているにちがいなかった。

四

田端村《たばたむら》に足を運ぶのはいつ以来か。

やはりなつかしい。

緑が濃く、馬糞のにおいがすさまじい。至るところに馬糞が落ちている。これは江戸ならなんら珍しくない光景だが、この村は特に多いような気がする。

見覚えのある森が近づいてきた。それをすぎると、大きな門がある。

門の前で立ちどまると、和四郎がすぐさまなかに声をかけた。くぐり戸がひらく。直之進と和四郎は足を踏み入れた。

ここは登兵衛の別邸である。といっても、登兵衛の持ち物ではない。登兵衛や和四郎たちの主人である枝村伊左衛門が所有している屋敷だ。

宏壮《こうそう》そのものといってよい。

母屋にあがった直之進は、すぐに奥の座敷に通された。広々とした八畳間だ。

庭に面した障子があけ放たれ、いい風が吹きこんできている。

そこにはすでに登兵衛がいた。満面の笑みである。

直之進は登兵衛の前に進み、正座した。和四郎は登兵衛の斜めうしろに控えた。

登兵衛が直之進を見やって、うれしそうにいう。

「一別以来ですね」

ご無沙汰していた、と直之進は笑顔で返した。登兵衛や和四郎とは、腐り米の汚職の探索で、一緒に働いた。何度も死闘をかいくぐった仲である。直之進には、同志という気分が色濃くある。

「よく来てくれました」

「登兵衛どの、和四郎どののご依頼とあれば、断るような真似はしませぬ」

直之進ははっきりと告げた。

「ありがたきお言葉」

登兵衛が頭を下げる。和四郎も登兵衛にならう。

家士の手で茶がだされた。干菓子《ひがし》が添えられている。

「どうぞ、お召しあがりください」

干菓子は落雁《らくがん》だ。かじると、ほんのりとしてさわやかな甘みが口中に広がった。茶を喫《きっ》する。甘みがするりと洗い流され、茶の苦みが残るが、むしろ口のなかはすっきりして心地よい。

「これは格別」

直之進は笑みを浮かべた。

「相変わらずいい笑顔をされる。それを見たくて、手前などは、湯瀬さまを喜ばせたくなってしまうのですよ」

「ありがたきお言葉」

直之進は登兵衛にいい、頭を下げた。

茶を飲み干した登兵衛が真顔になった。

「湯瀬さま、さっそく本題に入らせていただきます」

直之進はうなずいた。

「用心棒をお願いしたい」

「どなたの」

登兵衛が咳払《せきばら》いをした。

「それを話す前に、どうして湯瀬さまをお呼びしたか、そのことをお話しいたします」

うむ、と直之進は顎《あご》を引いた。

「昨日のことです。老中首座の役宅が襲われました」

「なんと」

直之進は絶句しかけた。天下の権を握っているような男の屋敷が襲われたというのは、ただ事ではない。

「誰に」

「それがわかっておりません」

登兵衛が唇を嚙み締めた。

「ただ、忍びでござった。それははっきりしております」

「忍び――」

「なにか心当たりがおありか」

話の腰を折ることを承知で、直之進は忍びらしい者を救った一件を話した。

「しかし昨日の夜なら、その者は老中屋敷の襲撃とは関係ない。ずっと俺と一緒にいたゆえ。ただ――」

直之進は言葉を切った。

「その忍びの者を襲った者も、忍びではないか、と。深い傷を負った忍びから見て、襲ってきた者どもは、どうやら本物の忍びに見えたのではないかと思える」

「まさにその通り」

登兵衛がはたと膝を打った。

「老中首座松平武蔵守さまによれば、戦国の昔からよみがえったような者どもとのことにございます」

「ほう、それは容易ならぬ」

「松平家の家臣が、十六人も討たれました」

「そんなに」

「敵は一人たりとも殺すことができなかったそうにございます」

忍び相手では、戦い慣れていない家臣たちではつらかろう。なすすべもなく討たれていった光景が目に見えるようだ。

「では、それがしは松平武蔵守どのの警護につくということですか」

「それはちがいます」

　登兵衛がやんわりと首を振った。

「昨夜は、家臣たちだけの手で松平武蔵守さまを守り通しました。多大な犠牲を払ったとはいえ、自分たちで守りきれる自信ができたようにございます」

　なるほど、と直之進はいった。

「警護についていただきたいのは、この男にございます」

　登兵衛が自らの斜めうしろを示す。そこには和四郎が端座《たんざ》している。

「和四郎どのですか」

　はい、と登兵衛がいった。

「和四郎には、これから誰が松平武蔵守さまを狙ったか、探索をさせるつもりでいます。それにあたり、必ず何者かの襲撃があるのは自明のこと。湯瀬さまについていただければ、百万の援軍を得たも同然。和四郎は安心して探索に励むことができます」

　直之進はその点については自信がある。

「湯瀬さまは、大砲の一件をご存じでございますか」

「日本橋の北野屋という大店に玉が撃ちこまれたそうだな。七人の死者が出たときいた」

今頃、富士太郎は探索に精をだしているにちがいない。七人の死者のうち、二人は子供だったそうだ。富士太郎は犯人捕縛に血をたぎらせているだろう。

「あれは、今思えば、老中の役宅を狙ったものではないかと」

「なんと」

直之進は腰を浮かせかけた。

「玉がそれて、北野屋を直撃したといわれるのか」

「おそらくそういうことにございましょう」

直之進はため息をついた。

「北野屋は気の毒としかいいようがないな」

「まったくにございます」

登兵衛が深い悲しみの色を見せる。

「誰がやった」

直之進は鋭く問うた。

「それはこれからの調べによって、はっきりいたしましょう」

はやる直之進を制するように、登兵衛が片手をあげていう。

「湯瀬さま、和四郎の警護を引き受けていただけますか」

「もちろん」

直之進は力強くいった。登兵衛が顔をほころばせる。

「それは重畳《ちょうじょう》。ほっといたしました。最も喜んでいるのは、和四郎でございましょう」

和四郎が笑みを漏らし、その通りでございますというように、一つ大きくうなずいた。

「賃銀は」

登兵衛がいいかけたのを、直之進はさえぎった。

「いくらでもよろしい。それがしはこたびの一件に関わることができるのが、ことのほかうれしい。ただでもいいくらいですよ」

「さようですか。承知いたしました。では、湯瀬さま。和四郎をよろしくお願いいたします」

登兵衛が畳に両手をそろえた。

礼を返してから直之進は和四郎とともに座敷を出た。廊下は風がなく、やや蒸し暑かった。

向こうから歩いてくる者がいた。家臣とは様子がちがう。侍だが、どこか悄《しよう》然《ぜん》として、しおれているように見えた。歳の頃は五十前後といったところか。頬が貧相で、疫病 神《やくびようがみ》にでも取りつかれたような顔をしていた。

直之進たちとすれちがおうとしたとき、ようやくこちらに気づいた。

「これは和四郎どの」

かすれた声でいって、辞儀した。

「下山《しもやま》さま。お加減はいかがでございますか」

和四郎が問う。

「薬湯《やくとう》をいただいたおかげで、だいぶ楽になりましたよ」

「それはよかった」

「和四郎どのにはお礼のしようもない」

「いえ、お礼などいりませぬ。お大事になされてください」

「かたじけない」

「では、これにて失礼いたします」

和四郎にうながされ、直之進は再び歩きはじめた。

「今のお方は下山三郎《さぶろ》兵衛《べえ》さまといわれ、元お旗本です。いま一家でこの屋敷に居《い》候《そうろう》されています」

「どうしてそんなことに」

「お家が取り潰されたからにございます」

「わけは」

「どうもよくわかりません。勘定方につとめていらしたのですが、使いこみを疑われたともいわれています。しかし、登兵衛さまの話ではそんなことをする人ではない、ということにございます」

「登兵衛どののお知り合いか」

「若い頃、同じ家塾《かじゅく》にいたそうにございます。それ以来の仲で、路頭に迷ったのを放っておけず、こちらで引き取ったということにございます」

直之進たちは玄関に着いた。

「心労がたたったのか、少しばかり前、風邪を引かれまして、手前、薬を煎《せん》じてあげたのでございます。特に喉が痛いとのことでした。薬がよく効いたようですね。よかった」

直之進は振り向いて下山の姿を探した。登兵衛のいる座敷に入ったようで、見つけることはできなかった。

今の男は勘定方というくらいで、銭勘定のほうが確かに合っている。剣の腕などまったくたいしたことがない。登兵衛を狙って、この屋敷にやってきたというようなことは、まずなかろう。

登兵衛の別邸をあとにした和四郎は、まず榊原式部太夫の屋敷に行くといった。

「榊原さまは、松平武蔵守さまを亡き者にしたいと一番に考えているご仁にございます。野望の人といえばよろしいでしょうか。とにかく自分こそが老中首座につくべきだ、自分こそふさわしいと考えている節《ふし》がございます」

ほう、としか直之進にはいいようがなかった。

榊原家上屋敷に着いた。屋敷は平静さを保っている。

「この家は薩摩島津家と緊密な関係があります」

和四郎が長屋門に目を当てつついった。

「大砲は薩摩が抜け荷によって入手し、それを榊原さまに与えたのではないか、と手前どもは考えています」

「そういうことか。すでにだいぶしぼれているのだな」

「こちらもかなり調べを進めましたから」

「危ない目には遭わなかったか」

「幸いなことに遭いませんでした。しかし、いやな視線は幾度も感じました。それで、耐えきれず、湯瀬さまに依頼することにしたのでございます」

そういうことか、と直之進はいった。和四郎を見やる。

「この屋敷に忍びこむつもりでいるな」

ずばりいうと、和四郎がにこりとした。

「さすが湯瀬さまです」

「この屋敷の主が関与しているという証拠がここにあると考えているのか」

「ないかもしれません。とにかく忍びこみ、あるかどうか、探ろうと考えています」

「いつ忍びこむ」

和四郎が喉仏を上下させた。

「夜を待ちます」

月はない。雲に隠れている。

ありがたし、と和四郎が手をさすりながらいった。

刻限は、九つをようやくまわろうとしている。

「屋敷の者は寝入っているかな」

「ぐっすりでしょう」

「頃合いか」

「ええ、もういいと思います」

和四郎は忍び頭巾をかぶっている。それだけで、あとはふつうの着物に股引《ももひき》である。和四郎が目をまわしてきた。

「湯瀬さま、本当についてきてくださるのですか」

「屋敷のなかまでは無理だが、庭あたりまでならな。俺のようながさつな男は必ず気づかれる」

直之進はふっと息を漏らした。

「一緒についてゆかぬで、なんのための用心棒ということになるが」

「いえ、かまいません。途中までで十分です。それだけで手前は心強い」

直之進たちは裏手にまわり、塀を乗り越えた。高さはたいしたことがなく、忍び返しも設けられていない。乗り越えるのに、なんの造作もなかった。

敷地をそろそろと進んだ。風はほとんどない。これはむしろ厄介だ。立てた物音を風のせいにできなくなる。

やがて母屋が闇のなかに、うっすらと見えてきた。さすがに広い。

和四郎が立ちどまり、振り返った。

「では、行ってまいります」

直之進は待て、というように右手をあげた。なにかいやな気配を感じてならない。これはなんなのか。

不意に感じなくなった。なんだ、これは。直之進は戸惑った。

右手を刀に置き、腰を落とす。なにが起きても対処できる姿勢を取る。

しかし、大きな雲が頭上を通りすぎてゆくあいだ、なにも起きなかった。風がやや出てきている。雲はそれに乗って動いているようだ。

「おかしいな」

直之進はつぶやいた。だが、和四郎をいつまでもじっとさせておくわけにはいかない。

「湯瀬さま、もうかまいませんか」

「わからぬ」

「しかし、なにも起きません」

「それはそうなんだが」

直之進は背後を見やった。そのときだった。正面から殺気がほとばしった。直之進はあわてて前を向いた。

黒いものが突進してきた。白い筋が縦にうっすら見えている。あれは、刀が上段に掲げられているのだ。

あの剛剣の遣い手だ。直之進は直感した。間合に入るや、侍は刀を振りおろしてきた。

この剣を目にするのは二度目だ。不意を衝かれたとはいえ、直之進があわてるようなことはなかった。

薩摩示現流の流れを汲む者なら、一撃目を避けてしまえばよい。薩摩示現流は一撃目にすべてを懸けている。

直之進はぎりぎりまで落ちてくる刀を見ていた。今すぐよけたいという恐怖を心で抑えつける。

――今だっ。直之進は横にすっと動いた。いま直之進がいたところを、刀が猛烈な風をともなって通りすぎてゆく。そのせいで体がよろけそうになった。斬られたのではないか、と一瞬、錯覚したほどだ。

直之進は斬撃をよけざま刀を抜き、横に払った。

なんの手応えもなかった。すっという感じで刀は抜けていった。天を向いている刀尖から、しずくがしたたった。

ぐむう、という苦悶の声が背中を打った。直之進は刀を引き戻し、振り返った。

遣い手は首だけを振り向かせて、直之進をじっとにらみつけている。足を動かそうとするが、もはや体が自由にならないようだ。

くそう。遣い手はそれだけをつぶやいて、分厚い塀が倒れるようにどうと音を立てて、顔から地面に突っこんでいった。

もはや息をしていない。まさか殺すことになると思わなかったが、体が勝手に動いていた。計算した動きではない。

なにごとだ。庭で物音がしたぞ。出合え。

母屋のほうからそんな声がしてきた。

直之進は、突っ立っている和四郎を見つめた。

「今日のところは引きあげるか」

和四郎が息をのみ、うなずいた。

「そうしましょう」

和四郎が遣い手の死骸を見る。

「やはりこの屋敷には、なにかあるようですね」

走りだした。榊原家の家臣たちがだいぶ近づいてきている。だが、深い闇が厚い壁になってくれる。やつらにこちらの姿が見えるはずもない。

「今の男は、榊原家の家臣だったのでしょうか」

「どうだろう。俺にはよくわからぬ」

直之進たちは、忍びこんだとき乗り越えた塀のところにやってきた。軽々と塀を越え、道に出た。黒い筋のように道は遠くまで続いている。

「殺してしまってまずかったか」

直之進は和四郎にきいた。

「生きてとらえれば、なにかききだせたかもしれん」

「いえ、あれでよかったと思います」

道を駆けつつ和四郎がいう。どうしてだ、という目を直之進は向けた。

和四郎がふうと大きく息を吐いた。

「もし湯瀬さまが殺さずにいたら、手前がきっと殺《や》られていたような気がしてならないからです」

第四章

一

湿っている。

南から吹きつける風は、どこかぬめっていた。今年はいつまでも秋らしくならない。こうして海の上にいる以上、潮でべたついた風を浴びるのは当然のことだが、いつもの年ならもう少しからりとしているものだ。

相模屋氏左衛門《うじざえもん》は首筋に流れる汗を、手ぬぐいでふいた。少しすっきりした気分で頭上を見あげると、怒ったように熱を発し続ける太陽の姿が目に飛びこんできた。

太陽を見て目にいいことはない、と医者がいっていた。陸よりずっと強い光を放っているようで、目にかかる負担は海上のほうが大きいだろう。氏左衛門は視線をそらせた。

床几《しょうぎ》にどっかと尻を預け、若い家臣に団扇《うちわ》であおがせている榊原式部太夫政綱の姿が視野に入った。早くも日焼けしたのか、ずいぶんと赤い顔をしている。汗もおびただしく出ているようで、小姓が手ぬぐいを手に、顔や首、こめかみ、額などをふいていた。

唐突に政綱が顔を向けてきた。不機嫌そうな表情だ。まぶたがぴくぴくしている。

「相模屋、どうしてこんな沖まで出てこなければならぬ」

「申し訳ありません」

氏左衛門は頭を下げた。慇懃《いんぎん》無礼《ぶれい》にならないように気を配る。

「試し撃ちなど陸でやればよかろうが。この前は人里離れた山の中でやったではないか。どうしてあそこではまずいのだ」

そのことは船に乗る前に重々説明したはずなのに、まったく利《き》かん気の子のように駄々をこねはじめた。

氏左衛門は一つ辞儀をした。

「大砲の音は、それこそ十里を走るものでございます。あの場所では江戸に近く、あっという間に音は江戸に響き渡るにちがいございません。今は大事なとき。大砲の音を江戸の者にきかせたくありません」

政綱が顎を軽く引く。

「確かに音をきかれれば、いらぬ警戒をされることになるな」

「はい。どんなに気を使っても、警戒されるのは当然のことにございましょうが、手がかりとなるようなものを、なにも与えることはございません」

うむ、と政綱が相づちを打つ。まぶたはもうぴくぴくしていない。流れ出る汗の量も減ってきたようだ。

「相模屋、嵐にはならぬだろうな」

気がかりそうに空を仰ぎ見る。この小心な男は、そのことが心配でならないようだ。

晴れあがり、ほとんど風はないといっても、海の上では山と同じで、天候は急変する。あっという間に黒い雲に包みこまれ、船が嵐にのみこまれるというのは、よくあることだ。

「大丈夫にございます」

　氏左衛門は断言した。

「どうしてそういいきれる」

　氏左衛門はにこりとした。

「式部太夫さまは、うちの商売がなにか、ご存じでいらっしゃいますな」

「廻船問屋ではないか。しかも、指折りの大店よ」

　ありがとうございます、というように氏左衛門は腰を折った。

「これもご存じかもしれませんが、うちには練達の船頭がそれこそ数え切れないほどおります。今日の船頭は小次郎《こじろう》と申しますが、なかでも最高の腕前を誇っております。その者が今日は大丈夫とはっきり申しました」

　政綱がかすかに眉根を寄せた。

「その小次郎とやらは、嵐に遭ったことはないのか」

「あります」

　政綱がむっとする。まぶたがぴくりと動いた。

「相模屋、それでは大丈夫といいきれぬではないか」

「いいきれます」

「なぜだ」

政綱が目を鋭くしていう。

「小次郎が最後に遭ったのは、もう三十年も前のことだからにございます」

「三十年間、嵐に遭っていないと申すか」

「はい。小次郎はちょうど五十でございますが、最後に遭った嵐は二十歳のときにございます」

「ほう、それはなかなかたいしたものだ。それはもちろん、嵐を避けるすべを心得ているということだな」

「その通りにございます。生来の勘のよさもあるのでございましょうが、天候を読むのが他の者より格別にすぐれているようでございます」

「その小次郎とやらが、今日は大丈夫と太鼓判を押したのだな」

政綱が念を押すようにきいてきた。

「さようにございます。ですので、式部太夫さまには、大船に乗ったご気分で、くつろいでいただければと存じます」

「大船に乗った気分か。この船は大きいな。千石船か」

「いえ、その倍はございます」

「二千石か。そいつはすごい。しかし、法度《はっと》で造れるのは千石までと決まっているのではないか」

「千石では、すでに時勢に合わないということにございましょう。江戸が必要とする物品の量が昔とはくらべものになりません。法度と申しても、悪さをするわけではありません。公儀も見て見ぬふりをされているようにございますな。ご老中を前に、こんなことを申すのはどうかと存じますが」

政綱が床几から立ち、船のなかをみまわした。かたわらの家臣は相変わらず風を送り続けている。もうよいといわれるまではやめられない。侍というのはつらい。そして馬鹿ばかしい。

「しかし、相模屋」

のんびりと呼びかけてきた。

「この前のはしくじりに終わったが、今度はどうだ。うまくやる自信はあるのか」

この前、夜に船上から放った一発は見当ちがいの場所に落ちた。狙ったのは老中首座の松平武蔵守の役宅だったが、だいぶずれて北野屋という店を直撃した。北野屋は、子供を含めて七人の死者をだしたという。そのことに氏左衛門はひそかに心を痛めたが、大事の前には犠牲はつきものと割り切った。

「もう一度、海から撃つのは、果たしてどうなのか、という思いはございます」

氏左衛門は政綱に正直にいった。

「今日、うまくいかなかったら、海からはやめるのか」

「そのほうがよろしいかと。今日は凪《なぎ》ですが、当日が天候に恵まれるとは限りません」

「それはそうだな。やはり船からというのはむずかしいのだろうの」

甲板《かんぱん》では大砲を放つ支度が忙しく続けられている。据えつけられている大砲は、臼砲と呼ばれるものだ。二十九ドイム砲というもので、射程は半里ほどもある。

臼砲は射程が短いが、巨大なだけあって火薬の量も半端でない。その威力は北野屋が一発で全壊するほどだから、すさまじいの一語に尽きる。

あたりには一艘の漁《いさ》り船もいない。ここは漁場ではないのだ。網を入れれば魚はいくらかは入るのだろう。だが、大漁を期待できる漁場はほかにあった。

それに、漁り船で漁をするのにはここは沖すぎる。陸地はほとんど見えない。うっすらとかすんでいるのは、相模の地である。十里は優に離れているだろう。

ここまで来れば、大砲をぶっ放しても、音は江戸まで届かないはずだ。

甲板に立つがっしりとした男が、氏左衛門に向けてすっと手をあげてみせた。

氏左衛門は深いうなずきを返した。

「支度がととのったようにございます」

再び床几から腰をあげ、政綱が身を乗りだす。団扇を手にしている家臣は、興味がないかのように大砲に目も向けない。ひたすらあおぎ続けている。

「いよいよだな」

政綱が胸を高鳴らせている。やや涼しさをともなった風が吹きはじめた。氏左衛門たちがいるのは、船のなかでも最も高い場所で、そのために風の動きがよくわかる。

「的はどこだ」

政綱がきいてきた。少し波が出てきたせいで、見失ったようだ。

「あそこに」

氏左衛門は手を伸ばした。波間に漂う一艘の船が見えた。距離は二十町ほどはあろうか。

廃船にする予定のだいぶ古くなった五百石船である。碇《いかり》をおろし、動かないようにしてある。むろん、すでに無人だ。

「うむ、見えた」

うなずいた政綱がさらによく見ようと目を凝らした。

甲板の男が再び手をあげた。手が振りおろされたら、大砲は放たれる。

大砲は四十五度の角度で固定されている。距離は火薬の量で調整するのだ。

「お耳をふさがれたほうがよろしいかと」

氏左衛門は政綱にやんわりといった。

「そうであったな」

政綱が素直に手のひらを耳に当てる。汗をふく役目の小姓も同じ仕草をした。

団扇の者は知らぬ顔で風を送り続けている。

「式部太夫さま、こちらのお方はよろしいのですか」

氏左衛門がいうと、政綱が、もうよい、と命じた。

「そなたも耳をふさげ」

家臣はその言葉にしたがった。それを見届けてから、氏左衛門は甲板の男に目を向けた。

「やれ」

鋭く命じた。声は風に負けることなく甲板の男に届いた。男の腕がさっとおろされる。

直後、どん、と腹に響く音が鳴った。見えない腕に押され、体がうしろに持っていかれるような感じに襲われた。足を踏ん張り、氏左衛門は必死にこらえた。二千石の船がゆらりと揺れた。

高くあがった玉が、曲線を描いて遠ざかってゆく。すぐに落ちはじめた。

鯨が立ちあがったかのような巨大な水しぶきがあがり、次いでどしゃーん、という重い音がきこえた。玉は標的のだいぶ前に落ちた。半町ほど足りなかったようだ。五百石船は波を受けただけだ。

「火薬が少なかったようだな」

はい、と氏左衛門は答えた。甲板ではまた放つ支度がはじめられている。砲術師が火薬についていろいろと指示していた。今度はよもや届かないということはなかろう。

支度がととのい、男の腕がすばやく振りおろされた。

また轟音《ごうおん》が鳴り響き、二千石船が横波を受けたようにぐらりとした。

玉は標的を通り越して落ちた。今度は一町ほど行きすぎたようだ。

「今度は多すぎたか」

政綱がぼそりとつぶやく。

それから三発の玉が放たれた。しかし、いずれも標的には命中しなかった。最も近かったのが、十間ほど手前に落ちたものだ。

当たったのではないかと氏左衛門は期待したが、水しぶきがおさまったあと、無傷の船影があらわれ、さすがに落胆した。五百石船ははげしく揺さぶられたのだろうが、それだけでしかなかった。

「これで終わりか」

政綱がつまらなそうに問う。

「はい。申し訳ありません」

「ふむ、これではとても船は使えんな。わざわざこんな沖まで来て、しくじりを見せられるのはつらいものよ」

「申し訳ありません」

氏左衛門は同じ言葉を繰り返した。

「謝ることはない」

政綱が前を向いていった。

「船からでは期待した結果が得られないというのがわかっただけでも、収穫よ。陸からやるしかないな」

「その通りにございます」

「陸からなら十分にやれるであろう」

「はい、やれます」

政綱がにっとする。

「いい答えだ」

氏左衛門に顔を寄せてきた。

「真の狙いが漏れているようなことは、よもやあるまいな」

「それは大丈夫にございます。そのお気づかいはご無用と」

「それならばよい。殺《や》られる前に殺る。これは兵法の常道よな」

政綱が床几に座り直した。団扇を手にしている家臣を見やる。

「暑い。あおげ」

家臣の手が再び動きはじめた。

夕刻、船は霊岸島の沖合に着いた。夕焼けが江戸の町を染めている。小舟がすべるように近づいてくる。あの舟に乗り、岸まで行くのである。

「一日中、よい天気であった」

政綱はすっかり日焼けしている。

「政務のほうは大丈夫にございますか」

一応、氏左衛門はきいてみた。

「心配ない。悪い風邪を引いたといってある。当分のあいだ仕事には出ぬ。出るのは、日焼けが引いたときよ」

政綱が氏左衛門を見つめる。

「これから向島《むこうじま》の別邸に向かうのか」

さようにございます、と氏左衛門は物静かな口調でいった。

「おもてなしの支度も、ととのっている頃合いにございましょう」

「ならば、早く行こうではないか」

政綱は気が急《せ》いている。向島の別邸は氏左衛門の持ち物だが、なにしろ気に入っているのだ。

氏左衛門たちは小舟に乗り換えた。

「うむ、いつ来ても景色がよいのう。といっても夜ではなにも見えぬな」

政綱は冗談をいったつもりのようだ。氏左衛門はお義理に笑ってみせた。

あいた障子から涼しい風が吹きこんでおり、団扇の家臣は遠ざけられている。

今頃、食事でもしているのだろう。

そばにいるのは小姓が一人だ。この小姓は政綱の気に入りで、汗をふくことができるのもこの者だけである。女のような美しい顔をしており、政綱の寵愛《ちょうあい》は深い。

「この屋敷をいつ譲ってくれるのだ」

庭に面した濡縁《ぬれえん》に出ていった政綱が、首を曲げてきいてきた。

「さて、いつがよろしいでしょう」

「早くせい。わしはほしくてならぬ」

「それでは、式部太夫さまが老中首座になられた暁に、お譲りいたしましょう。お祝いにございます」

「まことか」

政綱が幼子《おさなご》のように顔を輝かせる。

「まことにございます」

「嘘はつかぬな」

「手前が嘘をついたことがございますか」

「もっともだ」

政綱が部屋に戻ってきた。上座《かみざ》に座ろうとする。

その前に、氏左衛門は床の間の花瓶を手にし、すっと一回転させて置き直した。

「どうかしたか。おぬし、ここに来ると、必ずそれをまわすの」

「いえ、ちょっと埃《ほこり》がついていたものですから」

「ほう、掃除は行き届いているように見えるがな。埃をつけたままにしている手抜きの者など、放逐《ほうちく》すればよいのだ」

「はい、考えておきます」

「使えぬ者を置いておいても、なんの益もないぞ」

吐き捨てるようにいって、政綱が脇息《きょうそく》にもたれかかった。目を閉じ、長く息を吐いた。一転して、のんびりとくつろぐ風情である。

向かいに正座しつつ、氏左衛門はさりげなく政綱を見た。万が一、目論見がしくじりに終わったとき、この男にはすべての罪を押しつける気でいる。えらそうに振る舞っているが、榊原式部太夫政綱は単なる捨て駒にすぎない。

「おぬし、元は侍だそうだな」

不意に政綱が目をあけていった。氏左衛門はやわらかくかぶりを振った。

「手前が武家だったわけではありません。先祖が武家でした。戦国の頃の話です」

「よくある話よな。侍をやめて町人になったのか」

「さようにございます。しかし、式部太夫さま、よくご存じにございますね」

「調べたのよ」

政綱が茶を飲みつつさらりといった。

「おぬしが余に近づいてきたときに」

「さようにございましたか」

初耳のようにいったが、そんなことは、はなから承知していた。知られてもよいことはすべて調べるにまかせた。しかし、肝心のことはこの老中はなにも知らない。

だからおまえは捨て駒にすぎぬのだ。心中で言葉をぶつけた。

もし、と氏左衛門は思った。この相模屋の真の目的を知ったら、目の前のこの男はいったいどんな顔をするだろう。

二

榊原家について、もっと調べを進めなければならない。

上屋敷に忍びこんだ途端、薩摩示現流の遣い手と思われる者に襲われた。

これは、島津家と榊原家のつながりを示す証の一つではあるまいか。

しかし、目の前にあらわれたのはあの遣い手だけで、島津家の家臣らしい者はまったく姿を見せていない。

あの男が島津家の者なのかどうか、正直なところ、なにもわからないのだ。あの男が遣った刀法が薩摩示現流のものなのか、それもはっきりとしていない。なにしろ、江戸に示現流の道場はない。あるのかもしれないが、直之進たちは知らない。

今、直之進は和四郎とともに道を歩き進んでいる。向かっているのは、本所《ほんじょ》の東側にある大島村《おおじまむら》である。

すでに闇が深い。直之進は提灯を持ち、先導している。いつ斬りかかられても応対できるように、気を配っている。

提灯は殺気を感じたと同時に投げ捨てる気でいた。提灯を掲げ、何者と誰何《すいか》したところではじまらない。

「上屋敷で駄目だったから、今度は下屋敷かとお思いになりますか」

和四郎がうしろからきいてきた。足音があまり立たないのは、やはり歩き方なのだろう。

思わぬ、と直之進は強い口調でいった。

「手がかりがつかめるならば、どこへでも赴こうとする、和四郎どのの前向きな姿勢はすばらしい」

和四郎がにこりとする。

「ありがとうございます」

「それに、俺もどこへ行くときかれたら、とりあえず上屋敷の次は下屋敷という順番になるだろうな。下屋敷でもなにもつかめなかったら、中屋敷だな。榊原家に中屋敷があるかどうか、俺は知らぬのだが」

「中屋敷はあります。上野《うえの》の池之端《いけのはた》というところです。ここも相当、広い屋敷です。公儀から優遇されているのがよくわかります。田端村からは池之端のほうが近いですから、先にそちらへ行ってもよかったのですが」

「中屋敷より下屋敷のほうが重みがあるのはまちがいなかろう。順番としてはこれでよいと俺は思う。――榊原康政《やすまさ》公といえば、徳川家康公の家臣で、四天王と呼ばれたうちの一人だな。榊原家が他の大名より、重く扱われるのは当然だろうな」

四天王の他の三人は、井伊直政、本多忠勝、酒井忠次である。この四人を祖とする大名家は、譜代のなかでも家格が上と見られている。

それからは、なんとなく無言になった。いや、なんとなくではない。さすがに昨夜のことがあり、和四郎が緊張しているのだ。行ったことはないが、確実に大島村に近づいているのが、直之進には肌でわかった。

風がちがう。緑を濃くはらんでいるというのか、涼しさがこもっている。その上に、潮の香りがきつくなっている。

肥《こえ》や馬糞のにおいも鼻をつく。ときに、あまりに強くにおいすぎて、直之進は咳きこみそうになった。目がしみるように痛いときもあった。

咳をこらえつつ、百姓家が散見できる道を直之進たちは進んだ。和四郎の足の運びには迷いがない。右に曲がってください、とか、そこを左に折れてくださ い、とうしろから早めに的確な指示が出る。

「よく道を知っているな」

直之進は感嘆していった。和四郎が照れたような笑い声を漏らす。

「いえ、このくらいは、今の仕事をしていれば自然に覚えます」

「江戸中の道を知っているのか」

「すべての道はさすがに無理ですが、各諸侯の屋敷には迷わずに行けます」

「そいつはすごい。切絵図がいらぬということだな」

切絵図を片手に、あれがなになに侯の上屋敷で、あちらがなになに家のお屋敷だ、と指さしている者たちの姿はよく見かける。田舎から江戸見物にやってきた者たちである。江戸見物は地方に住む者たちにとって、大きな憬《あこが》れの一つだ。

「切絵図はいりませんが、大名家の屋敷というのはよく入れ替わるのです。それを覚え直すのは、一苦労ですね」

そうだろうな、と直之進はいった。

それから、ほんの一町ばかり進んだところで、和四郎がとまってください、といった。もうまちがいなく大島村に入っているはずである。

「あれが榊原家の下屋敷か」

直之進はたずねた。巨大な建物の影が夜空を背景に浮くように見えている。だが、三角の屋根は寺にしか見えない。

「いえ、あれは、参聞寺《さんもんじ》という寺です。昔は、お金の三文という字を当てていたそうです。寺を創始した住職が、博打で勝って手に入れた金でこのあたりの土地を購《あがな》ったそうなのですが、その元手がなんでも、三文だったそうです」

「そいつはすごい博才《ばくさい》だな。うらやましいくらいだ」

「本当ですね。しかし、三文の元手で儲けたのは、実は六両ばかりにすぎなかったらしいんですよ」

和四郎の声がどことなく弾んでいる。大島村に入ったことで、逆にひらき直ったような気分になっているのだろう。高揚しているのだ。

「それでもすごい。俺には博才などまったくないからな」

「そうですか。勝負強そうに見えますよ」

和四郎がほめてくれて、直之進は笑みを浮かべた。

「しかし、手前がきいている話は、先ほどのと少しちがうのです」

「どうちがうんだ」

はい、と和四郎がうなずき、続けた。

「もともとその住職は浪人者だったらしいのですけど、このあたりの人々が塩害で困っているとき、それなら俺が助けてやろうということで、賭場に乗りこんでいったのだそうです」

「うむ」

「博打で得た六両で松の苗を買いこみ、その浪人者は植えていったそうです。それが徐々に育って、人々はついに塩害から救われたそうです。その頃には浪人者はその土地の人たちから敬われ、慕われていて、どうか、どこにも行かないでくださいと懇願されたそうです。それで土地の者が寺を建て、住職としてあらためて迎えたという話です」

「とてもよい話ではないか」

「はい、手前もこの話は好きですね」

「松の苗の話だが、よく似た話が沼里にもあるな」

「ほう、さようですか」

和四郎が興味津々という声をだす。

「戦国の昔の話なんだが、戦で松林が焼かれて同じように塩害に困っていた百姓衆の難儀を見かねた旅のお坊さんが松の苗を植えていったというものだ。お坊さんは増誉上人《ぞうよしょうにん》という。増誉上人は無事に育つようにと、一本一本、苗を植えながらお経を唱えたそうだ」

「無事に育ったのですね」

「ああ、育った。増誉上人のその姿に心を打たれ、上人に力を貸す者たちも次々にあらわれたそうだ。先人たちのおかげで、今は千本松原と呼ばれる見事な松林が東海道沿いに、延々五里にわたって続いている。富士の名所にもなっているな」

「そういえば、船で沼里に向かった折りには、富士を眺める暇もありませんでした」

直之進は苦笑を頬に刻んだ。

「そのうちのんびりと案内できる日もこよう。しかし、沼里宿から眺める富士は、あまりたいしたことがないな。足高山《あしたかやま》という山が眺望を邪魔しているんだ」

「えっ、そうなのですか」

「沼里の者のなかには、あの山さえなかったら、という者もいる。しかし、ずいぶん昔、富士が腹からおびただしい火と煙を噴きあげたとき、足高山が堰《せき》となってくれたおかげで、流れ出たどろどろの火が沼里に達しなかったそうだ。隣町の三島《みしま》などは、火にかなりやられた。今も町の至るところに、冷えてかたまった、どろどろの火の名残を見ることができる」

「ほう、さようですか」

「うむ。だから、なにがよくてなにが悪いというのは、一概には決められぬ。どろどろの火に蹂躙《じゅうりん》されなかったほうが、眺望より価値はずっと高い。富士の眺望は、西側の原宿や吉原宿まで足を運べばいい。すばらしい富士を望むことができる」

「今度はゆっくりと富士の眺望を楽しみたいものです」

「そうか。いつか必ず案内しよう。——ところで和四郎どの、あの参聞寺という寺にはなにかあるのか」

ずっと足をとめたままだ。

「ああ、そうでしたね。あの寺は榊原家の菩提寺というわけではないのですが、下屋敷にほど近いということもあり、ちょくちょく今の当主の式部太夫政綱が、いえ、政綱公が足を運ぶのだそうです。住職が碁敵《ごがたき》ということです」

「夜も来るのか」

「昼間に来て、夜を徹することもあるそうです」

「探ってみるのか」

「いえ、まずは下屋敷に行こうと思っています。寺には、下屋敷でなにもつかめなかったときに、忍んでみようと」

直之進たちは再び歩きだした。大島村は闇に沈んでいる。灯りはほとんど見えない。道沿いにある百姓家は、まるで人が住んでいないかのように真っ暗で、ひっそりとしている。もっとも、ときおり豪快ないびきが漏れきこえてくる。昼間の疲れを癒そうと、百姓衆は眠りの真っ只中なのだ。

参聞寺から二町ばかり進んだときだ。

「あれです」

和四郎が直之進の横に出てきて、指をすっと指した。ほんの十間ほどまで、すでに近づいていた。

一目で広大な敷地であると知れた。優に三千坪を超えるのではないか。ぐるりをさほど高くない塀がめぐっている。その向こうに大きな建物がいくつも建っているのが、眺められた。

「下屋敷だけでなく、抱え屋敷、拝領屋敷なども含まれているそうです」

「刻限はよいのか」

「まだ四つにもなっていません。早すぎますね。どこかで一休みしましょう」

直之進たちは榊原家の下屋敷のそばに、地蔵堂を見つけた。

土地の者がきれいにしてくれている様子で、ごみや塵《ちり》はほとんど落ちていなかった。五歳の子ほどの大きさの地蔵が穏やかな目をして立っている。地蔵の前に、二人なら十分に横になれる広さがあった。

「ちょっと一眠りさせていただきます」

座りこんだ和四郎が、よろしいですか、という目で見る。

「うむ。寝てくれ。俺はそのあいだ警護をしているゆえ」

「湯瀬さまもお眠りになってください。誰も来ぬでしょう」

「それはわからぬ。用心するに越したことはない。油断はできぬ。俺は小心者でな。後悔したくないのだ」

「わかりました。では、手前は眠らせていただきます」

和四郎が失礼します、といって静かに横になった。

「大船に乗ったつもりで寝てくれ」

はい、と答えたが、次の瞬間には和四郎は寝息を立てていた。その寝付きのよさに、直之進はびっくりした。

寝付きのよさなら自分も人後に落ちないと思っていたが、和四郎にはかなわない。かたいところで寝ることに直之進は慣れているが、和四郎もこのあたりはさすがとしかいいようがない。上質の布団に包まれているような寝息の立て方をしている。

直之進は刀を肩に立てかけて抱き、目を閉じた。眠気はまったくない。どこかで蛙の鳴き声がする。雨が近いのだろうか。

ここまで来る途中、風は乾いていた。雨の気配をはらんでいるようには思えなかった。しかし、天気はすぐに変わる。特に秋は雨が多い。あと少ししたら、降ってくるのかもしれない。

ふと、耳元で蚊の羽音がきこえた。直之進は目をあけた。ここに入ったとき戸はすぐさま閉じたが、その際に紛れこんだのか。それとも、最初からここにいたのか。どちらにしろ、殺さないと、和四郎の安眠を妨げることになるだろう。

直之進は闇のなかに目を凝《こ》らした。夜目は利くが、さすがに蚊は小さすぎて見えない。目を閉じ、羽音がどこからするかじっと探った。自分のほうにゆっくりと近づいてきているのがわかった。

どこにいるか、心の目で見極めて、直之進は手を素早く伸ばした。しゅっと風を切る音がした。

羽音は消えている。直之進はぎゅっと拳を握り締めた。それから、そっとひらいてみた。手のひらのまんなかに黒いしみがある。蚊の死骸を羽織に押しつけて、手のひらから取り去った。

そういえば、と直之進は思いだした。手についた汚れを着物に押しつけて拭うと、おやめください、とよく元妻の千勢（ちせ）に叱られたものだ。ちゃんと水で洗ってください、と。

しかし何度、叱られてもこれだけは直らなかった。自分では几帳面な性格だと思うのだが、すぐにそのことを忘れては、千勢にあきれられたものだ。

それからしばらくのあいだ、静かなときが流れた。いつしか、蛙の声もきこえなくなっている。雨の気配が去ったのか。鳴くのに疲れたのか。

もしこの地蔵堂に、火をつけられたらどうなるか。直之進はそんなことを考えた。

壁も屋根も古ぼけた板でできている。蹴破るのはたやすいことだろう。逃げだすのはむずかしくはなかろうが、そのあと包囲されたらどうだろうか。そうなったときは、腰を据えて戦うしかあるまい。それしか生き延びる道はない。

戦いというのは、死を覚悟した者のほうが強い。戦国の名将である越後の上杉謙信も、生きんと思えば死に、死なんと思えば生きる、と名言を残している。これは真実を衝いていると思う。

越後といえば、琢ノ介の故郷ではないか、と直之進はなんとなく思っている。

琢ノ介は北国のさる国としかいっていないが、それは越後なのではないだろうか。言葉が、以前、なにかの折に話した越後の者とよく似ているように感じられるのだ。

直之進はまた目を閉じた。いろいろと考えるのにもなんとなく疲れてきた。雑念を払いのけ、頭を空っぽにすることに専念する。そうすると、ときが早く流れていってくれるのではないか。

俺はこの後、どうなるのだろう。空っぽにすると思ったばかりなのに、そんな思いが脳裏をよぎっていった。おきくと一緒になり、子をなし、老いてゆく。そういう誰もが送る暮らしをすることになるのか。

平凡なのはいやなのか。今みたいな危険に寄り添っているような人生を常に送りたいと願っているのか。しかし、おきくとともに幸せで穏やかな生活ができれば、それが一番なのではないか。

考えはまとまらない。いつか隠居する日がくるのか。侍に限らず、町人にも三十代で隠居する者は少なくない。三十代といえば、もう目前に迫っているが、自分の隠居姿など、まったく想像ができない。

その後は死が待っているのか。どういう最期が訪れるのか。安穏の死なのか。野垂れ死ぬなんてことはないのだろうか。

和四郎がつと身じろぎし、寝返りを打った。その直後、びくん、と痙攣《けいれん》した。うん、という声を発し、はっと目を覚ました。素早く起きあがる。失礼しました、と頭を下げてきた。

「よく眠っていたな」

和四郎が、目を一度強くつむってからうなずいた。

「はい、寝心地がとてもよかった。地蔵堂はいつもそうですよ。お地蔵さんに見守ってもらっているからでしょうか」

そうかもしれんな、と直之進はいった。

「湯瀬さまはお眠りに」

「いや、用心棒が眠るわけにはいかんでな」

「さようですか。でしたら、熟睡できたのは、湯瀬さまのおかげでしょう」

「だったら、起きていた甲斐があったというものだ」

湯瀬さま、と和四郎がやや厳しい声で呼びかけてきた。

「まいりましょう」

「刻限はよいのか」

「ええ、もう九つはすぎているはずですから、屋敷の者は熟睡しておりましょう」

「九つをすぎているとなぜわかる」

和四郎が小さく首をひねる。

「体にしみこんだものが教えてくれるとしか、いいようがありません。それがどういう仕組みになっているのか、自分でもよくわかりませんが、今が何刻頃かというのは、なんとなくわかります」

二人は地蔵堂を出た。涼しい風に包みこまれ、ほっとする。だが、気持ちをゆるめてはいられない。これから榊原家の下屋敷に忍びこむという大きな仕事が待っている。

下屋敷の裏手にまわる。人けはまったくない。村は眠りの底に沈んでいる。静《せい》謐《ひっ》さだけが波のように漂っている。

「このあたりでよろしいでしょう」

和四郎が直之進を見る。直之進は深くうなずいた。塀には忍び返しらしいものは設けられていない。

では行きます、といって和四郎が塀に取りついた。直之進も続いた。闇に影が浮かないように腹這いになる。

すぐさま庭に飛びおりた。二人は木々を縫うようにして母屋に近づいていった。

濡縁の近くに立つ柿らしい木に明かりが灯り、じんわりとした明るさを庭にもたらしている。そのことに気づき、直之進たちは足をとめた。

直之進のうしろに和四郎が控えている。母屋までは、気配を嗅ぎつつ、自分が先導するつもりでいた。母屋から先は和四郎の領分である。

あの明かりはなんなのか。直之進は目を凝らした。灯《とも》し皿《ざら》がつり下げられ、ろうそくが燃えているようだ。

誰がいったいなんのために、真夜中にあんな真似をしているのか。和四郎も戸惑っている様子だ。

直之進はじっと見据えた。近くに人はいない。ただ一つ、ろうそくが鬼火のように燃えている。しかし、あんな灯りがともされていては母屋に近づくのは不気味だ。なにが待っているのか、知れたものではない。

今宵は断念したほうがよいのではないかと思って、うしろにいる和四郎に気持ちを伝えようとした。

そのとき、横合いに人の気配が立った。殺気をほとばしらせている。

直之進はそちらに体を向け、刀を抜いた。作務衣《さむえ》を着こんだ一人の男が和四郎に、長い棒のようなものを振りおろそうとしているところだった。いや、紛れもなく棒だ。

直之進は踏みこみ、刀で弾きあげた。重い衝撃が腕に伝わる。びぃん、と手と指先にしびれが走り、刀をしっかりと握り締めているのが至難になった。

棒が旋回し、突きだされてきた。直之進は刀で払いのけた。これも重い。しびれが増す。また棒がくるりとまわり、顔をめがけて伸びてきた。

直之進はこれも打ち払った。しかし、腕に走ったしびれがひどくなり、刀を握る微妙な感じがいつもと異なるものに変わりはじめた。手のひらのなかで、柄がわずかに浮いているような気がする。

「湯瀬さま」

うしろで和四郎の声がした。直之進はちらっと振り向いた。抜刀している和四郎の姿が視野に入りこむ。

和四郎は別の方角へ刀尖を向けていた。和四郎に向かって突かれた棒が、暗さの壁を突き破って伸びてゆく。

なにっ。直之進は驚愕した。もう一人いた。こちらも作務衣《さむえ》を身につけている。

直之進は跳ぶようにして和四郎の前に動き、棒を払った。

またもびいん、と衝撃が腕に伝わり、しびれが痛みに変わった。刀を握っているのすらつらくなってきた。

こんなことは、戦っていて初めてだ。棒術と対するのも初めてである。受けては駄目だ、と自らにいいきかせる。

だが、敵は直之進が刀で受けざるを得ないところを狙って棒を突き、振るい、打ちおろしてくる。

確か棒術というのは、相手が刀であるのを想定して技を磨いているときいたことがある。だから、こういう真似も自在にできるのだろう。初めて棒術と対する自分が不利であるのは、明らかだ。

直之進は和四郎をうしろにかばいつつ、戦い続けたが、二人の敵は前後から直之進たちを挟みこもうとする動きを常にとっていた。遣い手は直之進一人というのを知っての動きだ。和四郎自身、刀を使って、落ちてきた棒を防ぐということが何度かあった。

まずいぞ、これは。まさか棒術の遣い手が二人も出てくるとは思わなかった。しかも、敵ながらすばらしい連携を誇っている。直之進を牽制しつつ、和四郎を討つという狙いがはっきりしていて、まったくぶれがない。

直之進は焦った。和四郎を気にすると、正面の敵がおろそかになり、自らが窮地に陥るということが何度か繰り返された。それでもなんとか和四郎を守り続けた。

もしあれだけの威力を持つ棒が、頭や顔、肩を直撃したらどうなるか。頭ならまちがいなくあの世に送られる。

肩をやられても、骨が砕かれ、そのあとは戦うことができなくなるだろう。やはり待っているのは死だ。

「湯瀬さま」

和四郎が必死の声で呼びかけてきた。息があがっている。

直之進は攻勢に出ようとしていたが、棒の動きを読み切れず、うまく刀を振ることができない。なにより、腕のしびれがひどいことが、大きかった。

「引きあげましょう」

背中を直之進の肩に押し当て、ささやきかけてきた。

よいのか、とは直之進はきき返さなかった。自分だけなら、慣れない棒術を相手に一対二でもこなせるだろうが、和四郎という守るべき者がいては駄目である。ここは出直したほうが、どう考えてもよさそうだ。

「そうしよう」

直之進は和四郎にいった。

「申しわけありません」

「なにを謝る」

「手前が足手まといになって」

「足手まといもなにもあるか。俺は和四郎どのを守るのが役目だ」

はい、と和四郎がうなずく。

「和四郎どの、走るぞ」

承知しました、と和四郎がいう。こちらへ、と直之進を先導して駆けだす。直之進はうしろに貼りついた。

棒術の二人は追いかけてきた。まるで忍びのように無言だ。

だが、忍びのように足は速くなかった。直之進たちはあっという間に引き離した。

木々を抜け、塀のところまで戻ってきた。和四郎がまるで帳場格子かなにかのようにあっさりと塀を乗り越える。

直之進は片手を使って越えたが、それでもかなり素早い動きだった。

直之進たちは道に出た。再び風を切って駆けだす。涼しい大気が身を包み、汗が引いてゆく心地がする。

「なんなんでしょう、今の二人は」

息を弾ませつつ、和四郎がいった。うしろを振り返る。直之進もならった。棒術の二人はあきらめたようだ。

走りつつ、和四郎が安堵の息を漏らした。直之進も気をゆるめかけた。

だが、すぐに、油断するなっ、と和四郎に鋭く声をかけた。和四郎が、どうされましたといいたげな顔をする。

「待て」

直之進は和四郎の足をとめた。目の前の闇をにらみつける。

「なにかいるのですか」

「獣のような気配がする」

いわれて、和四郎が目を凝らして前を見つめる。

「うしろにも来たぞ」

直之進はつぶやいた。

「いったいなにが来たのですか」

「包囲された」

えっ、と和四郎が目をみはる。

「誰にですか」

「わからんが、この気配は忍びかもしれん。どうにも粘っこい。これまで感じたことのない雰囲気だ」

「忍び……老中首座の役宅を襲った者どもですか」

そうかもしれぬ、と直之進はいった。手のしびれが取れているか、確かめる。完全ではないが、だいぶ薄れてきていた。これならしばらくは保つだろう。

「何人くらいいるのですか」

「二十人はくだらぬ」

「そんなに」

榊原家の広大な下屋敷の塀はまだ続いている。直之進は和四郎を塀に貼りつかせた。ここなら、背後から攻撃を受ける度合はかなり少なくなる。

忍びが相手だったら、どんな手を使ってくるかわからない。とりあえず、ここがいま最も危険が少ない場所だろう。

和四郎の前に背筋を伸ばして立った直之進は刀を正眼に構え、敵が姿をあらわすのを待った。

ときはかからなかった。闇からさらに濃い闇がにじみだすように、次から次へと男たちが姿を見せた。忍び装束を着こんでいるせいか、闇にうっすらと人の形が見えるにすぎない。

夜目が利くから直之進にはまだわかるが、ふつうの者にはまったく判別できないにちがいなかった。

思っていた通り、二十人ばかりの者がそこにはいる。包囲される前に一気に行く手側の敵を突き破ったほうがよかったという思いがよぎったが、闇雲に突っこんでいっていたら、今頃、自分たちは骸《むくろ》にされていた。

ここで敵があらわれるのを待ったからといって、骸にされるのを後まわしにするだけかもしれなかったが、どんな場合でも、死ぬのは引き延ばしたいものだろう。

手練《てだれ》というのを濃厚に漂わせている二十人からの忍びたちを眼前にして、直之進はそんなことを思った。

正面に体の大きな男が立った。忍び頭巾から、酷薄そうな両眼がのぞき、光を放っている。ひとにらみで、人を射殺してしまいかねないような力がある。

これが頭領なのではないか。となると、この男を倒してしまえば、こいつらは直之進のそんな思いを読んだかのように、いきなり闇を引き裂く音がした。忍びたちがなにかを投げつけてきたのだ。

なにも見えないが、忍びが投げるものなら手裏剣にちがいない。

直之進はとっさに目を閉じた。心で音だけをきく。蚊を殺したときと同じ要領だ。刀を振った。がきん、と音がし、土を打つ音が耳を打った。

続けざまに手裏剣が飛んできた。それも前だけでなく、左右からもだ。

目を閉じたまま直之進はすべて、刀で弾き落とした。

手裏剣のあとは、矢が襲ってきた。毒が塗ってあるのはまちがいない。それも直之進はすべて打ち落とし、払いのけた。

目をあけると、おびただしい手裏剣と矢が足元に散らばっていた。

「大丈夫か」

直之進は和四郎にきいた。

「はい、大丈夫です。こんな見事な業《わざ》は初めてみました。傷一つ、負っていませんん」

それはよかった、といいかけて直之進は口を閉じた。忍びたちが襲いかかってきたからだ。

三人がいきなり宙を飛んできた。信じられない跳躍だ。直之進の頭上を飛び、そこから刀を振りおろしてきた。忍び刀と呼ばれる通常よりだいぶ短い刀だろう。

直之進は忍び刀を避け、刀を振るった。だが、空を切った。手裏剣や矢より忍びの体のほうがはるかに大きいのに、刀が当たらないのが不思議だった。

和四郎が危ない。直之進は刀を突いた。軽い手応えがあり、忍びが宙で体勢を崩しそうになった。

しかし、たいした傷は与えられなかったようで、塀を蹴ってその忍びはなにごともなかったように元の位置に戻っていった。他の二人もすぐさま続いた。

別の忍びたちが続けざまに襲ってきた。頭上から攻撃が執拗《しつよう》に繰り返される。直之進は必死に耐えた。

だが、その合間に手裏剣や矢が飛んでくる。まだ一つも当たっていないのが、どうしてなのか、逆に不思議なくらいだ。

だが、もう限界が近づいていた。どうすればいい。全身が重く疲労しているのを感じつつ、直之進は自問した。

汗でかすんだ目に、頭らしい者の姿が見えた。

やつをやるしかない。だが、和四郎をほうって前に出るわけにはいかない。

どうすればいい。また直之進は自らに問いかけた。だが、答えは出なかった。

敵の攻撃は終わらない。自分たちを殺すまで、やつらはとことんやり抜くつもりでいる。

逃れられぬかもしれんな。刀を振るいつつ、直之進はそんなことを考えた。

不意におきくの顔が浮かんだ。いやいやをするように首を振っている。

おきくの顔が脳裏に浮かんだことで、逆に直之進は死ぬ覚悟をかためた。おきくにはすまないが、ここが自分たちの冥土《めいど》の入口にちがいない。

だが、この忍びどもを道連れにしないではおかない。斬って斬って切りまくってやる。

直之進は、闇に息づく獣のように瞳をぎらつかせた。疲れも飛んだ。

忍びたちの執拗な攻撃はやまない。その飛翔の仕方はまるで猿を相手にしているようだ。

しかし、覚悟を決めたことで敵の攻撃がはっきりと見えてきた。必ず三人でかかってくる。

先頭の者が跳ぶと、背後の二人が次に跳ぶ。先頭の者が刀を繰りだし、残りの二人が同時に手裏剣を放ってくる。

直之進の刀は一本しかないから、忍び刀の斬撃を受けているあいだに二本の手裏剣が飛んでくれば、必ず殺すことができる。それを、直之進は刀の速さを増すことで、ぎりぎりながらも応対し続けている。

直之進の頭上を越えると、塀を蹴って反転し、元の位置に戻るということを忍びどもは続けていた。舞台が、忍びの得意とする闇である以上、とうに始末をつけていなければおかしいのだろうが、直之進は忍びたちの思惑に逆らい続けていた。

敵の動きが見えたことで、すぐには殺られないというのがわかったが、反撃には移れない。敵にも隙がない。

やはり厄介なのは、三人が攻撃しているあいだに別の忍びたちが飛ばす手裏剣と矢だ。だが、これも直之進は勘のよさと刀の速さですべてを叩き落とした。

敵の頭領の目に焦りの色はないか。少し余裕が出たことで、直之進は刀を激しく動かしながら、探ってみた。焦りのようなものは浮いていない。冷酷さだけが見てとれる。配下の攻撃を黙って見守っていた。

よほど自信があるのだ。これまで、この攻撃に耐えきれた者は一人もいないのではなかろうか。

となると、こちらがいつまで保ち続けられるか。いや、保つなどということを考えてはならない。直之進は攻勢に転じるつもりになっている。

糸口を見つけたい。糸口はないか。

目に飛びこんできたのは、最初に傷を負わせた男である。軽い傷だからということだろうが、三人の組を崩すことなく、攻撃に加わっている。

だが、ほかの者とわずかに動きがちがう。重い感じがある。

直之進はその男を狙う気になった。あの男をなんとかすれば、敵の攻撃にほころびができる。

やつの番が再びめぐってくるまで、耐えなければならない。どんなことがあっても、こらえなければならない。

　和四郎が、直之進の苦闘ぶりを見て、自分も戦いたいと考えているのがわかった。だが、和四郎には、おとなしくしていてもらったほうがいい。そのほうが敵に集中できる。

　そこにいるんだ、と直之進は強く念じた。それが直之進にできる精一杯だった。もし言葉にしたら、それだけで張り詰めている糸が切れ、手裏剣の一本を背後に抜けさせてしまう気がしてならない。

　じっとしていろ、頼む。

　直之進は刀を前後左右に動かしつつ、祈った。その願いが通じたようで、和四郎は直之進の背後に引っこんだ。

　ついにやつの番が来た。最初の男が跳びあがる。うしろの二人がそれに続く。狙いの男はうしろの右側に位置している。

　鞠《まり》のように丸くなって最初の男が忍び刀を落としてくる。直之進はそれを払いのけた。二本の手裏剣が上から投じられる。直之進はそれを柄で続けざまに弾いた。

三人の男が塀を蹴り、元の位置に返ろうとする。やはり怪我をしている男の動きは、かすかに鈍い。

直之進は他の忍びたちが投げる手裏剣や矢を無視して、渾身《こんしん》の力を振りしぼった。男に向けて刀を振りあげる。

確かに手応えがあった。だが、刃の届いた男がどうなったか、確かめる余裕はさすがになかった。すぐ間近まで迫っていた手裏剣と矢を、すべて叩き落とさなければならなかった。

どたり、と音がした。眼前に男が倒れている。首から血を流し、横たわっている。笛のような音とともに血が噴きだしていた。あっという間に男のかたわらに血だまりができてゆく。

直之進の刀は男の首を斬り裂いたのだ。刀身に血が付着しているのに、直之進はこのとき気づいた。

着地した二人が仲間が殺られたことに気づき、しゃがみこんで死骸を自分たちのもとへ引こうとした。それで、わずかに守りが手薄になった。

影のようにぴたりとついてこい。直之進は和四郎に向かって念じた。俺から離れるな。

直之進は上段から刀を振りおろした。がつ、と手応えがあった。頭に刀を見舞われて忍びの一人が昏倒する。もう一人があわてて刀を横に払う。直之進はよけずに踏みこんだ。そうすれば、目の前の忍びを敵の手裏剣や矢の盾《たて》にできる。

直之進の刀は、忍びの首に深々と食いこんだ。首を刎《は》ねられなかったのは、忍びが鎖帷子を着ているのと、手からしびれが完全に取れていないためだ。

だが、手応えは十分だった。一瞬にして男があの世に旅立ったのがわかった。男が倒れこみそうになる。それを直之進は蹴りあげた。男の体が浮きあがる。そこに手裏剣と矢が飛んできた。ぐさ、どす、という音を発して男の体に食いこんでゆく。

直之進は、死んだ忍びから忍び刀を奪った。直之進に襲いかかろうとしている新たな三人組に投げつけた。

どん、という音が耳に飛びこむ。先頭の忍びが頭をはたかれたように首を落とし、顔をぶつけるように地面に落ちた。首を妙な向きに替えて横たわり、最後の力を振りしぼるようにごろりと仰向けになった。胸に忍び刀が突き立っている。

頭領らしい男の目に、むっという色がほの見えている。直之進は頭領に向かって突進した。うしろに和四郎がついている。

そのあいだにも手裏剣と矢は放たれている。直之進は一本たりともうしろに通さなかった。刀が扇形の盾になったかのようだ。

間合に飛びこむや、直之進は頭に刀を振りおろした。頭領は体ががっしりとし、背丈も大きい。雲衝く大男だ。相撲取りになってもいいような男である。

頭領が、やけに短く見える忍び刀を振ってきた。がきん、と鉄同士がぶつかり、火花が散った。

直之進はその衝撃の強さに驚いた。大関の突きを食らったかのように背後にはね飛ばされた。和四郎がうしろで直之進を支える。

直之進は態勢をととのえ、再び突っこもうとした。そこに一筋の矢が飛来してきた。だが、それは直之進を狙ったものではなかった。明らかに頭領を的にしていた。

思いがけない攻撃だったようで、頭領が体をそらしてよけた。さらに矢が飛んできた。今度はいっぺんに四本だ。頭領ではなく、ほかの忍びを狙っていた。四本中、三本が忍びに突き立った。

胸に受けた者が一人で、これは地面にくずおれた。あとの二人は足と腕で、毒が塗ってない限り、命に別状はないだろうが、戦う力はもはや失われたといってよい。

これで敵の陣形は完全に乱れた。誰なのかわからないが、直之進たちを救おうとしている者がいる。

あの男の仲間か。瀕死の重傷を負っているところを医者の蘭丹のもとに運び、手当を受けさせた男。

それしか考えられない。あの男の仲間なら、そんなに多くの人数はいないだろう。だが、直之進には胸がはち切れんばかりの喜びがある。

助かったかもしれぬ、と思ったが、楽観は決してしないように自らを戒めた。明るい見通しを抱いた途端、命を落とすというのは、古よりよくある話ではないか。

敵の何人かが、矢の放たれている方向に走りだした。

そのせいなのか、援軍と思える者の矢がいったんとまった。と思ったら、今度は逆側から放たれはじめた。

背中を射抜かれて三人の男が死んだ。忍びたちに動揺が走ったのが知れた。直之進はその瞬間を見逃さず、再び頭領に挑もうとした。だが、頭領が引きあげの合図をした。

忍びたちは死んだ者を軽々と肩に担ぎあげ、負傷した者には肩を貸して、体をひるがえした。無傷の者たちが直之進の刀を弾き返し、飛んでくる矢を叩き落としながら、しんがりをつとめている。さすがに水際立った進退だ。

頭領の指揮のもと、忍びたちはあっという間に闇へと溶けていった。その姿は一瞬でかき消えた。

——助かった。

直之進は心の底から安堵した。へなへなと崩れ落ちそうだ。もう忍びたちは戻ってこないだろう。おきくの顔が浮かんできた。輝くような笑顔だ。抱き締めたくなった。唇を吸いたい。

「湯瀬さま」

背後からわななく声がした。

「手前どもは生きておりますね」

むろんだ、と直之進は答えた。

「ちゃんと胸の鼓動は打っている」

地面には鼓動をとめたいくつかの死骸があったはずだが、それが幻だったように目の前には一つも横たわっていない。忍びというのは味方の死骸を残さないとはきいていたが、本当にその通りなのだな、と直之進は思い知った。やはり顔をさらしたくないからか。

「怪我はないか」

大きく息をつき、直之進は汗を手の甲でぬぐいつつ和四郎にたずねた。どっと汗が噴きだしはじめている。額におびただしい汗が浮いた。目にしみる。戦っているあいだはまったく出なかった。どういう仕組みになっているのか、このあたりは体の不思議といってよい。

「はい、おかげさまで」

和四郎が直之進の横に出てきた。

「湯瀬さま、手前、今宵のこと、一生忘れません」

直之進の腕を取った。和四郎は泣いている。泣きじゃくっていた。

「泣かんでもいい」

そういいながらも、直之進も涙がこみあげそうになっている。和四郎の泣き顔を目の当たりにしたら、胸が一杯になった。最大の命の危機を切り抜けた。

生きているというのは、こんなにもすばらしい。なにしろ大気が甘く感じられるのだ。今なら水を飲んでも、甘露《かんろ》に思えるにちがいなかった。

喉が渇いているのに気づいた。だが、手元に水はない。喉仏をかきむしりたくなるほど、水が飲みたかった。

「湯瀬さま」

右手から声がかかった。きき覚えのある声だ。

顔を向けると、三間ほど先に忍び頭巾をした男が立っていた。先ほどの忍びたちとは若干、頭巾の色がちがう。だが、どちらも柿色である。

「伊造か」

男がうなずく。

「さようにございます」

全部で五人の男があらわれた。いずれも忍び装束に身をかためている。

「助かった」

短い言葉だが、直之進は心の底から感謝の意をあらわした。

「恩返しにございます」

伊造がさらりといったが、目は和《なご》ませている。情愛にあふれていた。

「怪我はもういいのか」

「全快とは申しませんが、おかげさまでだいぶよくなりました」

「鍛えあげているゆえだな。たまものといってよい」

畏れ入りますというように、伊造が頭を下げる。

「こんなところで立ち話もなんですので、歩きませぬか」

直之進たちは素直にしたがった。七人の男たちは、ほとんど足音を立てることなく歩きだした。

「しかし、湯瀬さまには驚かされました」

伊造が直之進を見あげていった。

「なにがだ」

「あの者たちの攻撃をしのぎきり、さらに反撃に出たことです」

「見ていたのか」

「はい、一部始終を。我らもこの下屋敷を張っていたものですから」

「そうだったのか。気づかなかったな」

伊造が頭巾越しに、小さく笑う。

「いくら湯瀬さまといえども、もし気づかれるようなら、我ら、仕事になりませぬ」

伊造が少し間を置いた。

「どうしてすぐに助けなかったか、そのことを湯瀬さまはお考えでしょうが――」

「いや、別に考えておらぬ。どうしてなのか、なんとなくわかるゆえ」

「ほう、さようですか」

「敵の陣形を乱れさせるだけならおぬしたちにもできただろうが、それで俺たちが助かるとは限らぬ。俺が自らの力で形勢を逆転することが肝要だったのだろう。そのときにこそ、おぬしらが攻撃を開始すれば、やつらの陣形は玉子を潰すかのようにあっけなく崩れる。そういう目論見があったのではないか」

ご名答といわんばかりに、伊造が深くうなずく。

「湯瀬さまたちを見殺しにしてしまうのではないか、というおそれがありましたが、湯瀬さまならきっと大丈夫という思いがずっとしていました。本当にあの攻撃によく耐えてくださった。あんな真似は湯瀬さま以外の誰もなし得ぬでしょう。すごいの一語です」

伊造はほとほと感心している。

直之進は、自分以外に一人、心当たりがある。倉田佐之助《くらたさのすけ》。あの男は千尋《せんじん》の谷《たに》に落ちても必ず這いあがってくる男だ。今どこでなにをしているのか。千勢と一緒に暮らしはじめているのだろうか。

「それで、伊造。今どこに向かっているんだ」

伊造が、そうでしたね、といった。

「こんな刻限に申しわけありませんが、湯瀬さまに一軒の商家の跡をご覧いただきたいのです」

三

商家の跡にすぐに連れていかれたわけではなかった。

さすがに疲れただろうということで、近くの百姓家らしい家に案内された。明かりは一つも灯されていない。闇が居座ったままの部屋である。

直之進は和四郎を伊造たちに紹介した。五人の忍びのうち、伊造だけが名乗り、他の四人は頭を下げただけである。四人はいずれも若そうな感じだ。伊造よりわずかに年下といったところか。

そこで直之進と和四郎は、ようやく冷たい水をもらうことができた。茶碗になみなみと入っていた。

直之進と和四郎は喉を鳴らして飲んだ。

「うまい。生き返った。水がこんなに甘いだなんて、初めて知った」

直之進は何杯もおかわりした。和四郎も同じだ。

「手前どもが差しあげられればよかったのですが、持っているのは梅を干してかためたものしかないものですから」

「それは、考えただけで唾がわくな」

「ええ、そのためのものですから。口に入れると、自然におびただしい唾が出てまいります。それで、渇きを癒す仕組みになっています。唾ではなかなかそうはたやすく癒せません。気持ち程度のものです」

ほかの四人も苦笑気味にうなずいている。

そうだろうな、と直之進は思った。やはり渇きを癒すなら冷たい水が一番だろう。

「ここは」

直之進は家のなかを見まわして伊造にきいた。土間から一段あがったところに囲炉裏《いろり》が切ってあり、その奥に板戸で仕切られた部屋がある。

「手前どもの隠れ家です。空き家になっていたのを買い取りました」

「榊原家の下屋敷を監視するためか」

「距離は二町ほどありますが、さえぎるものはほとんどなく、昼間なら表門を出入りする者たちを眺めることができますから」

怪しい者には、必ず尾行をつけるのだろう。

「ここも、そう長居できそうにありません。やつらは嗅ぎつけたでしょう」

やつらというのは、先ほどの忍びの者たちを指している。

伊造が忍び頭巾を着けたままの顔を向けてきた。

「湯瀬さま、和四郎どの、少しは落ち着きましたか」

「ああ、おかげさまでな」

「眠気はありますか」

「いや、まったくない」

嘘ではない。先ほどの戦いの昂ぶりが体に残っている。血がわきたっている感じがいまだにする。

「でしたら、出かけても大丈夫ですか」

「ああ、平気だ」

一応、直之進は和四郎に確かめた。和四郎もへっちゃらです、と答えた。

伊造が手早く着替えをすませる。土間に置いてあった蔬菜《そさい》の入った駕籠を担ぐ。するとどう見てもこのあたりの百姓というふうにしか見えなくなった。

外に出ると、空が白みはじめていた。夜というのは、ときがたつのが、あきれるほど速い。特に、夜が明けはじめるしばらく前あたりから、急速に速さを増してゆくような気がする。

「この分なら、ちょうど日がのぼりきった頃に着きましょう」

ここで直之進たちは四人の忍びと別れた。四人はこれから頭《かしら》のもとに行くのだという。

頭か、と直之進は思った。どんな男だろう。会ってみたい。

いずれ会えるだろう。直之進はそんな気がしている。

道を西に向かった。途中、何度もつけている者がいないか、気を配って歩いたが、そういう気配はまったく感じなかった。

まだ気の昂ぶりは続いている。今なら、どんな些細《ささい》な気配も覚ることができるという確信があった。

歩き進めるうちに、家並みが見る間に迫ってきた。人が大勢住む、どこか混沌とした感じが強くなってきている。

まだ夜は明けきっていないが、行きから者は多い。誰もがこんなに朝早くから働きはじめていたのか。

直之進は自分がなんとなく恥ずかしくなった。早起きなど滅多にせず、下手《へた》をすると、昼近くまで寝ている。こういう勤勉な者たちとくらべると、なんと自分は怠惰な男だろうと思ってしまう。考え方をあらためなければいけない。

さらに西に向かって歩いた。いつしか右手に川が見えだしている。小名木川《おなぎがわ》である。荷を満載した荷船や人を乗せた猪牙《ちょき》が、つっかえたように動きのない流れをせわしく行き来している。

「こちらです」

伊造が足をとめ、右手で指し示した。家並みがぎゅっと詰まっている界隈で、そこだけすっぽりと抜け落ちてしまっているような空き地が目の前に広がっている。

伊造がいったように日がだいぶ高くなり、江戸の町を明るく照らしている。空き地にも光が満ちはじめていた。

これで何坪くらいあるのか。五百坪は優にあるのではないか。

「ここが、見せたいという商家の跡か」

直之進は伊造にただした。

「さようです」

伊造が空き地に体を向けた。直之進と和四郎もならった。

風が気持ちよく吹き渡る。空き地のせいで、風の通り道になっているようだ。

「ここは深川の亀久町《かめひさ》です。あれが亀久橋です」

小名木川に架かっている橋の名を告げる。亀久町は小名木川沿いにあり、空き家の向こうは河岸になっている。小名木川をはさんだ対岸は、東平野町《ひがしひらの》とのことだ。

「どうしてここを見せたいと」

直之進は伊造にきいた。

「実は、ここがすべての発端となったところだからです」

「発端というと」

もったいをつけたわけでなく、伊造があたりを見まわす。

「あそこでお茶を飲みましょうか」

伊造が指した先に、二本の幟《のぼり》を立てた茶店があった。一本の幟には団子、と大きく記されていた。もう一本は饅頭である。

半町ほど歩いて、直之進たちは茶店の縁台に腰を落ち着けた。店には、ほかに客はいない。注文を取りに来た看板娘らしい女に、伊造が茶と団子《だんご》、饅頭をそれぞれ三人前ずつ頼んだ。

「慣れたものだな」

直之進にいわれて、伊造が頭をかく。

「ここには、もう何度か来ているんです。実を申しますと、手前は甘い物に目がないんで」

「忍びなのにか」

「湯瀬さま、お声が大きい」

「これはすまぬ」

直之進は店の者の気配をうかがったが、誰もきいていなかったようだ。この茶店には、看板娘の父親であるじらしい男と、あるじの母親に当たるのか、ばあさんがいた。ばあさんが団子や饅頭をつくっているのだろう。

茶と団子、饅頭はすぐさまもたらされた。団子はほんのりと甘みがあるたれで、醤油のうまさが際立っている。饅頭は外の皮がしっとりとして、あんこは砂糖を惜しまず使ってあるらしく、疲れが吹き飛ぶほどにうまかった。

「こいつはすばらしい」

直之進は、すぐさま二つめの饅頭にかぶりついた。激闘をくぐり抜けて、腹が減っているということもあるが、この饅頭は絶品としかいいようがない。

「なんの変哲もない茶店だが、こんなにうまい物を売っているのか」

これだけおいしいのに、客の入りがよくないのは、ただ刻限が早いからなのか。それしか考えられない。

「こういう店を探しだすのが、手前は大好きでしてね」

伊造がにこりとしていう。

「よくわかりますよ」

和四郎が同意の声をあげた。

「手前もいろいろ町を歩きまわることが多いんですけど、ひょこっと入った店がうまいと、えらく得をした気分になります」

そうですよね、といって伊造が破顔する。

「互いに似たような商売ですから、そういうところはよくわかりますね」

直之進たちはがつがつとむさぼり食って、団子と饅頭の皿をからにし、さらに茶を飲み干した。

「そろそろお話をしましょう」

伊造が低い声で切りだした。直之進たちはきき耳を立てた。伊造がささやくような声で語りはじめる。

「あそこにあった商家は五代屋《ごだいや》といいましてね。廻船問屋でした。抜け荷の噂があって、手前どもは調べはじめたのです」

「抜け荷か」

「ええ。五代屋は薩摩島津家とも関係が深いといわれていました」

ここにも島津家が出てきた。となると、どうしても斬り殺した薩摩示現流の遣い手と思える男の顔が浮かんでくる。

「調べはじめてすぐに、我らの仲間が一人、死にました。隠れ家に、大怪我を負って戻ってきました。五代屋を見張っていた者です。医者に連れてゆこうとしましたが、その前に『大砲、まつたけ、薩摩』という言葉を残して、絶命してしまったのです」

先ほどの明るい表情とは一変し、伊造の顔は暗く沈んでいる。深い悲しみのなか、涙をこらえている風情だ。

伊造が唇をわななかせた。しばらく心を落ち着けている様子だった。

「まつたけ、というのが最初、なにかわかりませんでした。とにかく大砲というのはきき捨てなりませんでしたし、島津家が抜け荷を行っているのは、公然の秘密になっています。薩摩が大砲を抜け荷しようとしているのか、と我らは騒然となりました」

直之進はうなずいた。和四郎はじっと話にきき入る顔つきだ。

「我らは腰を据えて五代屋を調べようとしました。その矢先、火事で五代屋は焼け、あるじや奉公人の行方が知れなくなってしまったのです」

「それから、島津家のことを調べたりしたのか」

「はい」

まつたけ、というのがなにか考えた末、松平武蔵守さまを指すのではないか、という結論に達し、その政敵である榊原式部太夫政綱のことを伊造たちは調べた。そうこうするうち、大砲が江戸の町に撃ちこまれ、その後、戦国の世から舞い戻ったようなとんでもない忍びたちに襲われたというのである。

「そういうことだったのか」

きき終えて、直之進は深いため息を漏らした。和四郎も疲れ切った顔をしている。目の下にくまができていた。

「しかし老中首座を殺すために、大砲を用いるとは、いくらなんでも大袈裟すぎやしないだろうか」

直之進は疑問を呈した。

「確かにその通りです」

伊造が同意を示す。

「仮に老中首座を殺すことに成功したとしても、あとの犯人探しが相当、熾烈《しれつ》なものになりましょう。上さまも黙ってはおられますまい。必ず犯人を挙げるよう、厳しい命がくだされるはずです」

直之進はうなずいた。

「しかし、そのことは企みを持つ者は百も承知といったところか。あれだけの忍びの者どもをそろえ、ほかにも棒術の遣い手がいる。企みを持つ者は本気で老中首座を殺そうとしているとしか思えぬな」

「まったくその通りです」

伊造が瞳をぎらつかせた。

「ですので、手前どもはこれからも探索に力を入れなければなりませぬ。老中首座を殺させるような真似は、決して成就させてはなりませぬ。松平武蔵守さまはすばらしい見識の持ち主です。これから庶民のための政《まつりごと》をしてくださるはずです」

伊造は相変わらずささやくような口調だが、心のなかでは唾を飛ばすような勢いでしゃべっているのがわかる。

「あれだけすばらしいお方を失うわけにはまいりませぬ。それに、もし老中首座が闇討ちされたとなれば、公儀の権威が地に墜ち、諸大名になめられるだけです。必ず阻止しなければなりませぬ」

伊造が立ちあがり、看板娘に代を支払った。すまぬ、と直之進はいった。和四郎も頭を下げている。

「いえ、このくらい、なんでもありません」

気軽にいって、伊造が直之進と和四郎に視線を当てる。

「五代屋ですが、浜松町《はままつ》に別邸があったのですよ。そこも無人で、なにもありませんが、行ってみますか。行ったところでなにか得られるということもありませんが、会わせたい人がいます」

「会わせたい人。誰だ」

伊造がくすりとする。

「それは先のお楽しみです」

そうか、と直之進はいった。

「ここまで来た以上、ものはついでだ。和四郎どの、行ってみよう。会わせたい人というのにも興味があるし」

さようですね、と和四郎が快活に答えた。目の下のくまはいまだに取れないが、うまい団子と饅頭が効いたか、疲れの色はだいぶ薄れていた。

直之進たちは連れ立って歩きはじめた。川風が心地よい。

深川亀久町から半刻ほどの距離だった。

「こちらですよ」

東海道から道を左に折れて、ほんの一町ほど進んだところで、伊造が足をとめた。

潮のにおいがかなりきつい。むせかえりそうになるほどだ。浜松町は、そばに海が広がっている。

宏壮な屋敷だ。敷地は千坪ではきかないのではないか。向こう側は海に面しているようで、多分、船遊びや釣りができるようになっているのではないだろうか。

ぐるりは黒塀がめぐっている。塀越しに母屋らしい建物の屋根が見えている。どこかの大寺の本堂を移築したかのようだ。

伊造によれば、ほかにも離れや茶室がいくつか建てられているらしく、広々とした庭は大きな泉水があって、そこを中心に庭を回遊できるようになっているとのことだ。

「すごいものだな」

直之進は素直な思いを口にした。

「五代屋は相当な威勢だったのだな」

「ええ、それはすごいものでした。飛ぶ鳥を落とす勢いというのは、ああいうことを申すのでしょう。おそらく薩摩の抜け荷に関わっていて、法外な利益をあげていたのでしょうね」

「そんな勢いのあった商家が火事になったのか」

「ええ、まちがいなく付け火でしょう」

「口封じのためか」

「かもしれません」

「となると、あるじや奉公人は……」

「今頃は、あの世の住人になっているのではないでしょうか」

直之進は暗澹《あんたん》とした。これだけの別邸を持てるほどの商家である。大勢の奉公人を抱えていただろう。

そのすべてが殺されたのではないかもしれないが、少なくない人数が始末されたのは疑いようがあるまい。手段を選ばず、こんなことをやれる人間は、いったいどういう者なのだろう。人の皮をかぶった獣というのが最もぴったりくる。

「なかに入れるのか」

「もちろんです」

伊造が深くうなずいた。

「会わせたい人というのは、このなかにいます」

立派な数寄屋門をくぐると、母屋につながる御影石《みかげいし》の敷石が続いている。木々は深いが、これはほとんど手入れされていないゆえだ。

直之進たちは敷石を踏んで母屋に入った。戸口のところに人影が立っている。背筋を伸ばした立ち姿がすばらしく、直之進は見覚えがあった。

「あれは――」

直之進は、そういうことだったか、と思った。今まで気づかなかったおのれに腹が立った。

にこにこしながら、男が戸口を出てきた。直之進を見て、ていねいに一礼する。

「おぬしだったのか」

顔をあげるのを待っていった。

「ええ、驚かれましたか」

笑みを絶やさずにいう。

「ああ、驚いた。だが、こうして顔を見ると、納得だ」

直之進の眼前に立っているのは、七右衛門《しちえもん》である。表の生業は役者で、直之進たちは芝居を観に行ったこともある。だが、水の上を走るというとんでもない体技の持ち主でもあり、裏でなにかしているのではないか、という思いを直之進は打ち消せずにいた。

「おぬし、いったい何者だ」

七右衛門が苦笑する。

「公儀の者です」

「隠密か」

「似たようなものですが、上さまや老中にお仕えしている者ではなく、大目付の配下の者です」

大目付といえば、大名監視を主な仕事としている。定員は四、五人で、俊秀な旗本が選ばれる。役高は三千石というから、やはり重要な仕事なのだ。

どの大目付の下で働いているのか、七右衛門は明らかにしなかった。しかし、七右衛門の本来の姿がどんなものかわかって、直之進はなにかすっきりしたものを覚えた。胸につかえていたものが取れた感じである。


夕刻、直之進と和四郎は登兵衛の別邸に引きあげてきた。

和四郎が奥座敷で、これまでの経緯を登兵衛につまびらかに述べた。

登兵衛は黙ってきいていた。きき終えると、ご苦労だった、食事にして、そのあとは風呂に入るようにいった。

直之進と和四郎は台所の隣の間に行き、掛りの者に夕餉の膳をもらった。二人で食べはじめる。

「男二人というのはわびしいものですが、それでも一人で食べるよりずっとおいしいですね」

「まことにな」

「湯瀬さまは、縁談がまとまったそうにございますね。遅ればせながら、おめでとうございます」

ありがとう、と直之進は箸をとめて礼をいった。

「これからはなんでも二人で、ということになりますね。うらやましい」

「和四郎どのはどうなんだ。そういう話はないのか」

「話はあるのですが、こういう商売ですから、なんとも縁談は受けにくいですよ」

なにしろ命の危険と隣り合わせだ。妻をもらっても、悲しませる結果になってしまうおそれは大きい。

「嫁を迎えるときは、この商売から足を洗ったときか」

そういうことになりましょう、と和四郎はいった。

その後、夕食を終えて、直之進たちは風呂に浸《つ》かった。風呂を出ると、それぞれの部屋に引きあげた。

直之進が与えられている部屋は、六畳間である。日当たりはひじょうにいいが、もうとうに日は暮れており、ひんやりとした大気に部屋は包まれていた。

部屋に入った直之進はまず行灯をつけた。ほんのりとした光に覆われ、部屋が若干、広くなった気分だ。

直之進は文机に行灯を近づけ、書見をしようとした。そのとき、ぶるりと背筋が震えた。このままでは湯冷めしそうだ。敷かれた布団の上に置かれている掻巻《かいまき》を見つけ、さっそく身につけた。

幾分かあたたかくなった。いつの間にか夜はこんなに冷えるようになっている。ようやく本物の秋がめぐってきたということか。待ちくたびれた。

直之進は再び文机の前に座り、書物を広げた。これは登兵衛に借りたもので、棒術に関するものである。

直之進は熱心に読んだ。棒術もやはり武術の一つであり、剣術などと同じで、なかなか奥が深いのを知った。

廊下を渡る足音がした。直之進は書物から顔をあげ、耳を澄ませた。

足音は部屋の前でとまった。直之進に呼びかけてくる。この屋敷の小者である。

「客人にございます」

ここに客人、というのはほとんど考えにくい。誰なのか直之進はたずねた。小者は意外な者の名を告げた。

直之進は廊下を急いで行き、教えられた座敷に入った。

「琢ノ介」

「おう、直之進」

琢ノ介が、三日ぶりに飯を与えられる飼い犬のように喜んだ。

直之進は琢ノ介の向かいに静かに腰をおろした。畳からいいにおいが立ちのぼっている。これは、長屋のすり切れた薄縁畳ではあり得ないものだ。

「どうした、なにかあったのか。おぬしが訪ねてくるなど珍しい。おばあさんの用心棒はどうした」

琢ノ介が顔をしかめる。

「そんなに続けざまにきくな。どれから答えていいか、困ってしまうではないか」

「これはすまぬ。ならば、なにがあったのか。それからきこう」

「おう、それなら答えやすい」

琢ノ介が唾を飲んでからいった。

「富士太郎と珠吉の行方が知れぬのだ」

直之進は眉根を寄せた。

「どういうことだ」

琢ノ介が畳に目を落とした。

「なんだ、なにかうしろ暗いことでもあるのか」

琢ノ介が顔をあげた。

「あるものか。ただ、ちょっと頼み事をしたんだ」

「富士太郎さんになにを頼んだ」

「調べ物だ」

「なにを調べてもらおうとした」

「ある店のことだ」

「ある店とは」

「料理屋だ」

「なんという料理屋だ」

「馬浮根屋だ」

知らない。初耳だ。

「どうして、そんな妙な名の料理屋を調べてもらおうとしたんだ」

「ちょっと待て」

琢ノ介が右手をあげた。

「そんなに矢継ぎ早に問うな。まるで役人の尋問を受けているみたいだぞ」

「そうか、すまなかった」

直之進はやさしくいった。

「もう少していねいにきこう」

「そうしてくれ」

直之進は一つ間を置いた。

「どうして、馬浮根屋という妙な名を持つ料理屋を調べてもらおうと思ったんだ」

「わしが用心棒をつとめているばあさんが、そこで密談をきいてしまい、それで、命を狙われているといい張った。わしは行ってみた。そうしたら、この馬浮根屋、確かに怪しいんだ。箱右衛門という名のあるじに会ったんだが、どこかいやな男なんだな。料理屋としては一流でよく知られているらしい」

「密談というのはどういうものだ」

「なんでも離れで六人の侍が集まっていたところ、誤ってその障子を引いてしまったようなんだ。そのときばあさんは、まつたけ、という言葉をきいたらしい」

「まつたけだと」

直之進は膝を立てた。琢ノ介が背筋をそらしてびっくりする。

「な、なんだ、直之進、どうしてそんなに驚くんだ」

「琢ノ介、まつたけというのは、おそらく老中首座のことだぞ」

「おう、わしもそうではないかと考えた。松平武蔵守忠靖さまのことだな」

琢ノ介が目を鋭くして見つめてきた。腹がでっぷりとしているこの男でも、そんな目をすると、意外に迫力があるから、人というのはおもしろい。

「直之進、今回、おぬしが登兵衛どのに呼ばれたのは、老中首座に関してのことなのか」

「そうだ」

直之進は肯定した。どこまで話してよいものか、素早く考えた。平川琢ノ介という男はのほほんとしているが、口はかたい。信頼できる。しかし、一存ですべてを話すわけにはいかない。

直之進は登兵衛と和四郎に来てもらい、琢ノ介にこれまでのことを話す了解を求めた。登兵衛と和四郎は快諾してくれた。

「琢ノ介、いわずもがなだろうが、他言は無用だぞ」

直之進が釘を刺すようにいうと、琢ノ介が厳しい顔をつくった。

「うむ、わかっておる」

直之進はすべてを語った。

「そういうことか」

きき終えて、琢ノ介はすべてがつながったといいたげな、すっきりした顔つきになった。

「その馬浮根屋というのは、どこにあるのですか」

登兵衛が琢ノ介にきく。琢ノ介が場所を答える。

「ほう、小日向でございますか」

「なにか心当たりでも」

　これは直之進がたずねた。

「いえ、心当たりというわけではございませぬ。ただ、湯瀬さまたちも小日向の東古川町だったな、と思っただけにございます」

　登兵衛が和四郎に視線を転じた。

「今から行ってきなさい」

　はっ、と和四郎が頭を下げる。

「もとよりそのつもりでございました」

「では、それがしも一緒に行こう」

「湯瀬さま、和四郎をよろしくお願いいたします」

「まかせてください」

　直之進は胸を叩くような勢いで請け合った。琢ノ介を見やる。

「おぬしはその店まで案内してくれ」

四

小日向までの道すがら、和四郎が今日と明日は上様の墓参の日です、といった。

「墓参というのは、どちらに行くんだ」

琢ノ介が提灯を揺らしつつきく。

「増上寺《ぞうじょうじ》のほうです」

「なんだ、その裏鬼門《うらきもん》というやつだな」

直之進は琢ノ介に問うた。

「なんだ、直之進、知らんのか。意外に無知よな」

「ほっといてくれ。それより将軍の裏鬼門とはなんのことか、早く教えてくれ」

「この男、気が短いんだよな。和四郎どの、そのことを知っておいたほうが、これからつき合ってゆく上で役に立つぞ」

「はい、そうします」

「早く教えろ」

直之進の持つ提灯が揺れた。

「直之進、本当に気短《きみじか》だな」

「琢ノ介こそ、富士太郎さんたちが行方知れずになったというのに、よくのんびりとそんなことがいえるものだ」

「おっ、こりゃすまん」

琢ノ介が夜空を見あげる。

「富士太郎、頼むから無事でいてくれよ。そこのよく輝く星が、富士太郎なんてことはないだろうな」

直之進は琢ノ介にいいきかせるようにいった。

「大丈夫だ。富士太郎さんたちは、そんなにたやすくたばるたまではない」

「そうだよな。その通りだ」

琢ノ介が唇を湿した。気を取り直したように話す。

「直之進、鬼門というのがどの方角か知っているか」

「むろんだ。丑寅《うしとら》の方角だ」

「その通りだ。鬼が出入りするといわれる方角だ。だから鬼門という」

「それは確か、陰陽道だったな」

「そうだ。不吉な方角だ。直之進、鬼門の反対の方角はどこだ」

そこまでいわれれば、どういうことか直之進にも解することができた。

「未申《ひつじさる》の方角だな」

「そうだ。もうわかった顔をしているが、最後まできけよ」

うむ、と直之進は答えた。

「未申の方角を裏鬼門といい、それも鬼門と同様、不吉な方角であるのは知っているな。江戸城から見て未申の方角にある増上寺は裏鬼門に当たり、丑寅の方角にある寛永寺《かんえいじ》は鬼門に当たる。そういうわけだ。この二つの大寺で、江戸城を不吉な鬼どもから守っているということだな」

「よくわかった。わかりやすい説明だ」

「わしは昔からうまいのよ」

「たいしたものだ」

「そんなにほめるな。天狗になる」

「なれん。おぬしは鼻が低い」

なんだと、と琢ノ介が憤る。

「くそう、わしが直之進ほどの腕を持っていたら、今すぐ、ここでぶった斬ってやるのに」

直之進は取り合わず、提灯を和四郎に向けた。

「その将軍墓参だが、松平武蔵守どのは行かれるのか」

いいえ、と和四郎が首を振った。

「体調がおもわしくないということで、欠席ということになっています」

「そうか。役宅にいるのかな」

「さようにございます。大勢の家臣に守られているものと」

「それならば、安心か」

「そこに湯瀬さまがいらっしゃれば、盤石《ばんじゃく》なのでございましょうが、まだまだ油断はできません。また大砲が撃ちこまれるかもしれませんし」

そうだな、と直之進はいった。

「相当の威力だものな。これが役宅に撃ちこまれたら、いったいどうなるんだ。どのくらいの被害が出る」

「一発でも相当の被害が出るのは紛れもありません」

「もし仮に十発の玉が撃ちこまれたら、老中の役宅でも危ういか」

「危ういと思います」

和四郎が同意してみせる。しかし、とすぐに続けた。

「それはないと思います」

「どうしてだ」

「十発の玉を撃ちこむためには、少なくとも五門の大砲が必要になるのではないか、と思います。なにしろ大砲は一発放つのに、相当のときがかかりますから。一門や二門の大砲では、そのあいだに場所を突きとめられてしまいます」

うむ、と直之進はいった。その通りだな、と琢ノ介も顎を動かした。

「しかし、五門もの大砲が江戸に運びこまれたという噂は我らにまったく伝わってきません。こたびの北野屋という商家に撃ちこまれた玉は、大きな口径の大砲から放たれたものであるのがはっきりしています。それだけの大砲がもし江戸に五門も運びこまれたとしたら、必ず我らの網に引っかかります。しかし、今回はそれがない。運びこまれた大砲は、おそらく一門、多くて二門というところではないかと手前は考えております」

「それは登兵衛どのも同じ意見か」

「さようにございます」

そうか、と直之進はいった。

「つまり我らは、その一門か二門の大砲を押さえてしまえばよいわけだな」

「はい、そういうことにございます」

「だがその前に、直之進」

琢ノ介が呼びかけてきた。

「富士太郎たちの行方を探すんだぞ」

直之進は深く顎を引いた。

「むろん、そのつもりだ」

馬浮根屋は闇に沈んでいた。

「ありゃ、おかしいな」

　琢ノ介が首をひねる。

「この前は、朝から仕込みと掃除の真っ最中だったんだ。それなのに、今夜はどうして灯りひとつついていないんだ」

「休みでしょうか」

　和四郎が塀の向こうを見ていう。直之進の掲げる提灯が、黒い塀をむなしく浮かびあがらせている。

「休みとはちがうような気がするな。まだ四つになっておらぬ。看板にするには、ちと早すぎる」

「そうだよな」

　琢ノ介がいって直之進の顔を見る。

「どうする」

「うむ、忍びこんでみよう」

　琢ノ介が目を丸くする。

「まことか」

「琢ノ介はいやか。それならば、ここで待っておれ」

「馬鹿をいうな。わしも行く。わしはそんな臆病者ではない」

「よいのか。これまで二度、俺たちは待ち伏せされた。また危うい目に遭うかもしれんのだぞ」

「俺もたまには危うい目に遭ってみたい。退屈な日々はこりごりだ」

この男も危険を求めるたちか。ふつうの暮らしは営めない者の一人だ。

「本当によいのだな」

直之進は念を押した。

「よい。それにもしかしたら、ここに富士太郎たちがいるかもしれんのだろう。それだったら、なおさらあとには引けぬ」

その答えをきいて、直之進は強い口調でいった。

「よし、ならば三人でまいろう」

和四郎に目を移した。和四郎が意を汲み、深くうなずく。

和四郎があたりに目を配る。通りを行きかう人の姿はまったくない。人通りは果てている。

いや、ちがう。いま誰かが見ていなかったか。

直之進は、勢いをつけるために軽く走ろうとした和四郎をとめた。

「なにか」

「いや、視線を感じた」

「えっ」

和四郎が戸惑う。なんだと、と刀の柄に手を置いて、琢ノ介がきょろきょろとあたりを見まわす。

「直之進、まことか。わしは夜目が利かぬゆえ、なにも見えぬのだが」

「うむ、勘ちがいではないと思う」

直之進はきっぱりと告げた。

「どんな視線だ」

直之進は小さく首をひねった。

「いわれてみれば、そんなにいやな視線ではなかったような気がするな」

「ならば、味方か」

「わからぬ。味方だったら、姿をあらわしてもよさそうなものだが」

「そうだな」

琢ノ介がもう一度あたりを見まわす。

「まだ感じるのか」

「いや、もう消えている」

「そうか。そういうことなら、勘ちがいではないのだな」

直之進は和四郎を見つめた。和四郎が顎を引き、馬浮根屋の塀との距離を取った。軽く走って一気に跳躍した。高い塀の上にあっさりと手が届いた。

それを見て、琢ノ介が口笛を吹くような仕草をする。

直之進も、やはりすごいな、と驚嘆せざるを得なかった。

和四郎がするすると塀をのぼってゆく。腹這いになったのまでは見えたが、すぐに姿が消えた。なんの物音も立たなかったが、着地したのはまちがいない。

案の定、門扉が音もなくあいた。直之進はすっと入りこんだ。琢ノ介の腹が少しつかえたが、すぐにへこまして続いてきた。和四郎が素早く戸を閉める。

直之進たちは敷石を踏んで、母屋の前に来た。なかの気配を嗅ぐ。

「ふむ、誰もおらぬな」

「まことか」

「ああ、人の気配はない」

「つまり、もぬけの殻というやつか」

「そういうことだ」

「どうして誰もいない。店を閉めたのか」

「逃げだしたのかもしれん」

「それは、富士太郎たちが話をききにやってきたからか」

そういうことかもしれぬ、と直之進は思ったが、口にはださなかった。

「富士太郎」

いきなり琢ノ介が泣き声をだした。

「無事でいてくれ。死なんでくれ」

「当たり前だ。さっきもいったが、富士太郎さんたちが、そんなにたやすくたばってたまるか」

「そうだよな」

琢ノ介が念を押してきた。

「そうだ」

直之進は力強く相づちを打ってやった。

「あの二人は、どこかに監禁されているのかもしれぬ」

「どこにだ」

「わからぬ。だが、今はとりあえず、この店をくまなく探してみよう」

「承知した。手分けするか」

いや、と直之進はいった。

「どうして」

「待ち伏せが怖い。ばらばらになると、一人一人やられてしまうかもしれん」

「確かにな」

琢ノ介が背筋を震わせる。

「直之進、いっていたな。恐ろしい棒術遣いがいると」

「ああ、いやな相手だった」

「会いたくないか」

「できればな」

おや、と琢ノ介が不思議そうに直之進を見る。

「どうした」

「いや、意外に自信があるのではないかと思ってな」

「なぜだ」

「おぬしの顔に、さしていやそうな色が見えぬからだ」

「そうかな」

直之進は顔を触った。

「自分で顔色がわかるものか」

琢ノ介はそういうと、母屋を憎々しげににらみつけた。

「よし、直之進、行こう」

うむ、と直之進はいった。和四郎がうなずく。

戸口には錠がおりていた。だが和四郎が針を使って、たやすくはずした。

「見事なものだ」

琢ノ介が感嘆の声を発する。

「いえ、これは最も単純な錠です。あけるのになんの造作もいりません」

和四郎が首をひねる。

「どうかしたか」

直之進はたずねた。

「いえ、なにかあまりに錠があっけなさすぎて、ちょっといやな気分がしたものですから」

「あっけないか。ふむ、やはり待ち構えているのかな」

直之進たちは馬浮根屋の店のあちこちを調べまわった。厨房、座敷、離れ、奉公人の部屋、主人の部屋。布団部屋。外に建つ二つの蔵。

そのいずれにも富士太郎たちの姿はなかった。

いったん外に出た琢ノ介は井戸ものぞいていた。

「おっ」

いたのか、と直之進は驚いて井戸をのぞきこんだ。なにも見えない。提灯を井戸の上にかざす。しかし、水が満々とたたえられているだけだ。

「どうしてあんな声をだしたんだ」

直之進は苛立たしげな声を発した。

「そんなに怒るな」

琢ノ介が首をすくめる。

「怒ってなどおらぬ」

「怒っているではないか」

「早くわけを申せ」

「意外に一杯の水がたたえられていただろう。水面にわしの顔が映って、それが一瞬、怖かったんだ」

直之進はへたりこみたくなった。

三人はあきらめることなく、富士太郎たちの姿を求め続けた。

もう一度、蔵をあらためていた和四郎が直之進の名を呼んだ。もう待ち構えている者はいなかったから、今は手分けしている。直之進は琢ノ介とともに足を運んだ。

「ここなんですが、錠があります」

「どこだ」

「この大きな戸棚のところです」

「いや、どこにもないぞ」

これは琢ノ介だ。

「それがあるんですよ。隠し錠ですね」

「あけられるか」

直之進は和四郎にたずねた。

「おそらく。まずは錠を見つけないとどうにもなりませんが」

「これをあけるとどうなるんだ」

「多分、この大きな戸棚がたやすく動くのではないかと思うのですが」

「つまりこの戸棚の下になにかあるということか」

「はい。階段があるのではないかと思います」

「よし、やってくれ」

和四郎が戸棚のあちこちを触りはじめた。引出しを引いたり、引出しの下を探ったりしている。金具の飾りを引いたり、押したりもしている。

「こいつか」

和四郎が引出しの横についている小さな黒いぽっちを見つけた。

「それは」

「多分、これを押すか引くかで、隠し錠が出てくるはずです」

実際、和四郎がぽっちを押し、そして引いてみた。直之進は空の引出しの底が動き、固定された錠が姿をあらわすのを見た。

「すげえ」

琢ノ介が感心している。

「つくった者もすごいし、それを見つけるのもすごい」

和四郎がまた針を取りだし、錠に突っこんだ。

これは少し苦労している。直之進はそのあいだ、戸棚の下の気配に耳を傾けた。

じっと息をひそめ、神経を集中する。

いる。人の気配が確かにしている。そんなに遠いところではない。すぐそこといったところだ。

だが、気配は弱々しい。眠らされているのかもしれない。

かちりという音が耳に飛びこんできた。

「あいたか」

琢ノ介が勢いこんでいう。

「はい」

和四郎が晴れがましげな顔を見せる。

「よくやった」

琢ノ介がほめたたえ、戸棚に手を置いた。

「動くかな」

腰を沈め、ぐっと押した。だが、戸棚は動かない。

「こちらではないでしょうか」

和四郎が、琢ノ介が押したのと反対の方向に戸棚を押した。戸棚が襖のようにすっと動いた。

和四郎がいったように階段があらわれた。そんなに長い階段ではない。十段ほどしかなかった。ひんやりとしてかび臭い風が這いのぼってくる。長いことなかにいたら、血がくさってしまうのではないか。直之進はそんな感じを受けた。

「行くか」

息をのんだ琢ノ介が直之進にいった。もちろんだ、と直之進は答え、先頭を切って降りていった。

石造りの部屋だ。精密な石垣がぴたりと組み合わされている。

広さは十畳ほどだ。暗い。直之進は提灯をかざした。

人が二人、隅に倒れている。

「富士太郎さん、珠吉さん」

直之進は駆け寄った。だが、いきなり二人が立ちあがり、棒を突きだしてきた。

直之進はすぐさま下がり、棒を避けた。

「待っていたぞ」

一人がにやりとしていった。今日も作務衣を着ている。

「また待ち伏せか。芸のない連中だ」

直之進は提灯をそっと置き、刀を抜いた。そばで提灯の火は燃えている。

直之進は正眼に構えた。

うしろに琢ノ介と和四郎が来た。二人とも目をみはっているのが、雰囲気から知れた。

「二人とも手だし無用」

直之進は強い口調で告げた。

「わかった」

琢ノ介の声が耳に届く。琢ノ介と和四郎が隅に下がる。

どうりゃあ。一人が上から棒を振りおろしてきた。顔面を狙っている。同時にもう一人が腹を狙ってきた。

直之進は棒を弾き返し、返す刀で打ち払った。忍びたちの矢と手裏剣にくらべたら、二人の棒は信じられないほどの遅さだ。しかも、提灯のおかげで明るい。棒の動きは見えすぎるほどよく見えた。

これならやられる気づかいはない。最前の忍びとの死闘で、また腕があがったのではないか。

直之進はこれまで何度も死闘を繰り返してきた。そのたびに死線をくぐり抜け、腕前を上達させてきた。今回もまたそういうことのようだ。

直之進には余裕がある。棒をよけ、かわした。刀を使わずとも大丈夫だ。これなら登兵衛から借りた棒術の書物を読む必要はなかったかもしれない。

しかし、あまり遊んではいられない。富士太郎たちを探さなければならない。

直之進は、振りおろされた棒を弾きあげ、がら空きになった腕の裏に軽く刀を入れた。ぴっと音がし、血が噴きだした。

もう一人の男の突きをかわしざま、刀で棒をはたき落とした。棒が床の石を激しく叩く。この男の腕にまた刀を入れた。すると、血がこちらも泉のように噴きあがった。

二人とも棒を取り落としている。床の石の上にたまる血の量に、呆然としていた。

「止血をしろ」

直之進がいうと、二人ともはっとした。作務衣の懐に手を入れ、手ぬぐいを取りだす。

それを見て、あわてて腕を縛りあげた。直之進は二人に刀を突きつけた。

「座れ」

二人の顔にはあきらめの色がある。この男にはまったくかなわないという目で、直之進を見ている。二人は直之進の言葉に素直にしたがった。

「おぬしら、榊原家の家臣か」

しかし、二人はなにも答えない。口をぎゅっと引き結んでいる。

「答えぬのなら、首を刎ねる」

うしろから琢ノ介がいった。

「脅しではないぞ」

不意に背後でがたんという音がした。なんだ、と直之進たちは見た。

和四郎が階段に駆け寄り、上を見る。

「閉められています」

「なに」

琢ノ介が走ってゆく。直之進も続いた。

確かに出入口が消えていた。戸棚が閉まったのだ。

琢ノ介が階段をあがり、戸棚を押した。だが、びくともしない。

どこかでがたんという別の音がした。なんだ、と思う間もなく、天井近くの壁があき、そこから大量の水が流れこんできた。

げっ、と琢ノ介が声をだした。

「なんてこった。わしらを溺れ死にさせる気だ」

「どこか出口を探すんだ」

直之進は琢ノ介と和四郎にいった。二人の棒術遣いも狼狽して探しはじめた。

しかし、出口などどこにもない。石は隙間なくぴったりと合わさっている。水はますます勢いを増している。

もう膝のところまできた。このままではあと四半刻もしたら、首のところまで水はやってくるだろう。半刻でこの部屋は水没する。脱出できなかったら、自分たちには死が待っている。

直之進はあきらめず、どこか出られるところがないか、探した。しかし、やはりどこにもなかった。

くそう。どうすればいい。

刀を、階段の上の戸棚に突き刺した。がきん、と音がした。刀は折れなかったが、戸棚の底は厚い鉄の板が張ってあるようだ。刀でなんとかできる代物ではない。

直之進はさらに考えた。

あの水の出口はどうだ。あそこから外に出られないか。

背伸びをして、手を突っこんでみた。水の勢いに押され、手がほとんどなかに入ってくれない。ここから脱するなど、夢物語といっていい。

どうする。直之進は自らに問いかけた。こういうときほど冷静にならなければならない。わかってはいるものの、ますます増えてくる水を目の当たりにしては、そうもいってはいられない。

「そうだ、着物を詰めればどうだ」

琢ノ介が叫んだ。

水が噴き出てくる出口の大きさからして、着物を詰めても、水はとめられないだろう。だが、やらないよりはいいかもしれない。

「着物を脱げ」

琢ノ介がさらにいう。

下帯だけを残し、直之進たちは裸になった。集まった着物を水の出口に詰める。だが、穴のほうがはるかに大きい。

無駄でしかなかった。しかも人の頭の倍ほどある大石がときおり水とともに流れてくる。出口から落ちた石は、どぼんという音を発して貯まった水に吸いこまれてゆく。大石によって、着物はあっさりと水のなかに流れ出てしまった。

――これは。

直之進たちは手を尽くしたが、自分たちでは、もはやどうにもできないことを覚った。

まんまと敵の罠にかかってしまった。ほぞを噛んだが、今さら遅い。

琢ノ介は石に頭をこすりつけている。くそう、と叫んでいた。

「退屈な日々でいいから、ここから帰してくれ。頼む」

いま水は腰のあたりまできている。冷たさで、凍えそうだ。

こればかりは、急に秋がやってきたのが、うらめしかった。

よし、うまくいった。

箱右衛門はほくそ笑んだ。計三人の遣い手を失ったが、あれは勘定のうちでしかない。もともと死んでもらっても、どうということはない者たちだ。

なにしろ、これであの目障りな者が消えるのだ。湯瀬直之進という男を始末できるのは大きい。

あの男のしぶとさは、驚嘆すべきものだった。戦いぶりを見て、味方にほしいとすら思ったものだ。

だが、知恵のほうはあまりなかったようだ。こちらの考え通りに動いてくれた。

のこのことあの地下の部屋に行ってくれたときは、ほっとしたものだ。安堵の汗が背筋を流れていった。

あの部屋を脱することはまずできまい。水は部屋一杯になったところで勝手にとまる。

あそこから水があふれることはほとんどない。溺れ死んだ死骸は二度と人の目に触れないのではないか。

ざまあみろ。我らの邪魔立てをするからこういうことになる。おのれどもの愚かさを、あの世で呪うことだな。

あと、この屋敷に残っているのは、石を落とす役目の者だけだ。あれだけの大きさの石を落とし続ければ、水路からあがることもできまい。

では、さらばだ。

ふふ、と小さく笑いを漏らして、箱右衛門はその場をあとにした。

五

もう天井近くまで水はきている。

直之進たちは立ち泳ぎをしていた。今のところ五人とも生きているが、傷を負っている二人はほとんど気を失いかけている。傷口から血が流れだしているのだ。

直之進は天井を叩いた。どこにも隙間はない。

くそう。このまま本当に死んでしまうのか。冗談じゃない。こんなところでくたばってたまるか。湯瀬直之進という男はしぶとさが売りだ。こんなところで死ぬわけがない。

少しだけ水の勢いが弱まったようだ。

　気づくと、傷を負った二人は顔を下にして、手をだらりとさせて浮いていた。もう水をかこうとしていない。血を流しすぎたのだ。

「よし、ここを行くぞ」

　直之進は水の出口を指さした。

「今のうちだ。この部屋に大気が残っているうちに動くぞ」

「しかし、この水路だって水は一杯だろう。どこにつながっているか、長さだってわからないんだぞ。息が続くかどうか。しかも石が流されてくる」

「一か八か行くしかない。石を流している者がいるということはそんなに遠いとは思えぬ」

「手前もそう思います。せいぜい半町ほどではないでしょうか」

「半町だと」

　琢ノ介が目をむく。

「無理だ。そんなに息は続かぬ」

「もっと短いかもしれぬ」

「しかし――」

「琢ノ介、ここで溺れ死にしたいのか」

「いや、それは」

「覚悟を決めろ、琢ノ介」

琢ノ介が歯を食いしばった。

「——わかった」

「体を結わえつけたいが、都合のよいものがない。下げ緒では足りぬ」

「直之進、和四郎どの」

琢ノ介が呼びかけてきた。

「なんだ」

「もしわしの息が続かず、溺れそうになったら」

「必ず助ける。安心しろ」

「ちがう。わしを見捨てろ」

「なんだと」

「わしは重い。おぬしたちが二人がかりで引っぱろうとしても、まず無理だ。そんなことをしていたら、おぬしたちの息も保たなくなってしまう。だから、よいか、わしを見捨てろ」

「しかし」

「直之進、覚悟を決めろ」

直之進は琢ノ介を見つめた。

「わかった。だが、琢ノ介、決してあきらめるな。必ず生きて外に出るぞ」

うむ、と琢ノ介がいった。

もう天井まで三寸ほどしかない。首をまっすぐ伸ばしていられない。

「では、外で会うぞ」

三人は大きく息を吸った。直之進はそれで水にもぐろうとしたが、待ってください、と和四郎がいった。

「もう一度、息を吐いてください」

「どうしてだ」

「もう一度、息を吐き、また吸ったほうが息が長く続くからです」

「まことか」

「はい、まことです」

ずく。

「よし、やってみよう」

直之進はためこんだ息を吐いた。そしてもう一度吸った。和四郎が大きくうなずく。

直之進は体を折り曲げて、水の出口に入りこんだ。もう石は流されていないのか。

ちがった。また流れてきた。

だが、さほどの勢いはない。石造りの部屋に水がたまりきったせいで、もう勢いよく流れることはないのだ。

直之進はうしろを振り返った。真っ暗ななか、和四郎が続いている。琢ノ介も来ているようだ。必死に水をかいている気配がする。水が苦手なのだろう。

直之進は先を目指した。だが、さすがに息が苦しくなってくる。どこにも光は見えない。石がまた流れてきた。それをよける。和四郎もかわした。だが、琢ノ介に当たったようだ。あっ。琢ノ介が体勢を崩す。石のせいで、うしろに流されそうになる。あわてたせいで、息を無駄に使ってしまったのではないか。直之進は戻ろうとした。

だが、その前に和四郎が直之進の肩を叩いた。和四郎の手がうっすらと見える。和四郎が指を伸ばしている。

光が見えていた。あれが出口だ。まちがいない。

直之進は琢ノ介の姿を探した。だが、もう見えない。あるのは暗さだけだ。ここで探しに戻ったら、こちらの息が保たない。心を鬼にして、直之進は先に進んだ。

出口まであと少しと思えたが、なかなか着かない。もう駄目だ。息が続かない。

だが、そこに一本の綱がゆらゆらと見えた。どうしてこんなところに、と思ったが、直之進はそれを握った。ごぼごぼと息を吐いて苦しがっている和四郎にも握らせる。

直之進は綱を引いてみた。そうしたら、強い力がかかって、直之進たちは一気に出口に引き寄せられた。

顔が水を突き抜けた。海面をはねる魚になった気分だ。新鮮な風に包みこまれる。和四郎が次いで出てきた。喜色を浮かべる前にごほごほと咳きこむ。

ここはどこだ。直之進は見まわした。離れなのか。茶室を思わせる大きさの建物の陰だ。離れの脇に木枠で囲まれ、水がなみなみとたまっていた。

男が一人、立っていた。どきりとした。だが、殺気は感じない。痩身の男だ。この男が綱を流し、そして引いてくれたのだろう。

「生きているか」

渋い声できいてきた。直之進は瞠目した。

「佐之助か」

ふん、と鼻で笑った。

「相変わらず呼び捨てか。――豚《ぶた》ノ介はどうした」

佐之助が顔を曇らせる。

「石にやられたか」

直之進はすぐさま戻ろうとした。だが、佐之助に制せられた。

「俺が行く。人間溺れても、鼓動の二百や三百のあいだは生きている。いま俺が助けてきてやるから、きさまらはおとなしく待ってろ」

下帯だけになった佐之助が体に綱を巻きつける。長さはたっぷりとある。半町の長さの水路なら、きっとなんとかなるだろう。

「こいつは近くの材木問屋から拝借してきた」

にっ、と笑った佐之助が思い切り息を吸いこんでから、水に消えた。

二度息をするのを教えそびれた。だが、あの男なら一度で十分のような気がする。

もうどれだけ待ったものか。

佐之助の言葉を借りれば、鼓動が三百ほどは打っただろうか。

近くに三人の忍びが倒れている。三人ともすでに息がない。背中に傷があり、そこから血が流れていた。

この三人が水路のなかに石を投げこんでいたのだ。殺したのはむろん佐之助だろう。

相変わらずすごい腕だ。手練の忍びを三人もあっさりと始末してしまうとは。

そのとき、いきなり、水音がした。頭が浮きあがってきた。琢ノ介だ。気を失っている。

直之進と和四郎は力を合わせて持ちあげた。本当に重い。へとへとになった。

そのあとに佐之助が浮かんできた。余裕の笑みをたたえている。

「しかし、この男、よく肥えているな」

地面にあがってきた。ふう、と息をつく。

「往生した。こっちまで死ぬのではないかと思ったぜ」

佐之助が直之進を見つめる。

「少しはできたかな」

「なにがだ」

「決まっておろう」

佐之助はどこか照れている。

「おぬし、俺に恩返しをしたいと思っているのか」

「当然よ。俺はきさまに救われたからな」

つい最近、佐之助がかどわかされたという事件があった。それを直之進は必死に探しだし、千勢のもとに送り届けた。その恩返しをしたい、と佐之助はいっている。

「おまえら、富士太郎たちを探しているんだよな」

「それも知っているのか」

「まあな。ここにはいなかったのだな」

「ああ」

佐之助が考えこむ。

「今日、増上寺に将軍が来ていたな」

「そのようだ」

「大砲の狙いは、実は将軍ということはないのか」

直之進ははっとした。

「老中首座が狙いと見せかけたというのか」

「そうだ。最初は船から撃ってみせた。増上寺は海のすぐそばだからな。江戸の夜空を引き裂いたあの大砲は、試験みたいなものだったのではないか。老中の役宅を狙ったのかもしれんが、うまくいかなかった。それなら陸上から狙おうとするのが自然なのではないかな」

「増上寺の近くに大砲が据えられているというのか」

「俺はそう思う。榊原式部太夫は、以前、千代田城で火事が起きたとき、その不始末を将軍に責められている。今のままでも老中として生きられるかもしれんが、これ以上の出世は望めんな。あの男、将軍にうらみがないわけではない」

そういう事情があったのか。直之進には初耳だ。さすがに佐之助は元幕臣だけのことはある。

「こうしてはいられぬな」

直之進は走りだそうとした。

「待て。着物くらい着たらどうだ」

「着物は捨てた」

「そいつらのものを着ろ」

三つの死骸を指さした。

「だいぶ大気は冷えてきている。なにも着ないよりましだろう」

忍びの着物を身につけた直之進は、佐之助とともに増上寺を目指した。

いまだに目を覚まさないが、水を吐いたことで、琢ノ介は大丈夫だろうと佐之助がいった。その琢ノ介は和四郎が見てくれることになった。和四郎は、直之進と佐之助が一緒なら、自分は不要と考えたようだ。確かに、二人は相棒としては最強だろう。

直之進と佐之助は浜松町にやってきた。さっきあんなことがあって直之進はさすがに息があがりかけている。

「どこだ」

佐之助が直之進にきく。この町に火事になった廻船問屋の五代屋の別邸があることは、佐之助に伝えてある。佐之助は別邸がどこにあるのか、きいてきたのだ。

直之進は佐之助を先導して走った。

見覚えのある数寄屋門が見えてきた。門は閉じられている。昨日、富士太郎たちはここにいなかった。だが、今日はいるかもしれない。

直之進たちは蹴破るようにして門をくぐり抜けた。

探すまでもなかった。富士太郎と珠吉は縛《いまし》めをされて、奥座敷に転がされていた。猿ぐつわもかまされている。

奥座敷には大砲もあった。二人は大砲に縛りつけられていた。

だが、大砲のそばには誰もいない。誰も放とうとしていない。

どういうことだ。また待ち伏せか。直之進は警戒しつつ二人に近づいた。

だが、阻止する者は一人としていなかった。富士太郎と珠吉は喜色を浮かべている。富士太郎などは今にも抱きつきそうだ。目を潤ませている。

「待て」

二人の縛めを取ろうとした直之進を佐之助がとめた。

縄が大砲のどこにくくりつけられているか調べている。

「うむ、よかろう。その縛めを解いたところで、大砲がいきなり放たれるようなことはない」

直之進は安心して二人の縛めを解いた。

その途端、轟音が鳴り響いた。直之進は首を縮めた。富士太郎と珠吉は引っ繰り返っている。

佐之助も目をみはっている。

「これが放たれたのか」

直之進は佐之助にきいた。

「ちがう。こいつは、俺たちの注意を引きつけるためのおとりだ。どうやら大砲は一門ではなかったということだな」

直之進と佐之助は外に飛び出した。富士太郎と珠吉がよたよたとついてくる。

曲線を描く赤い玉が夜空を切り裂いていく。しゅるしゅるという、やかんが湯気を噴いているような音もきこえる。

この策のために用意された大砲は、佐之助のいうように一門ではなかったのだ。

赤い玉は見る間に遠ざかってゆく。今にも増上寺の屋根に触れんばかりになっていた。

あとがき

駿州浪人湯瀬直之進を主人公とする口入屋用心棒シリーズは〇五年七月に刊行を開始した。登場人物の一人、米田屋光右衛門のモデルとなった双葉社の編集者であるY氏の原稿依頼が発端である。

団塊世代のY氏はあくが強く、昔の編集者という雰囲気を色濃くたたえていた（今では親しみをこめて、とっつぁんと呼ばせてもらっている）。そんなY氏の迫力に押されて書きはじめたシリーズだったが、幸いにも多くの読者に手に取ってもらい、第一作目の『逃げ水の坂』は十万部を数え、シリーズ累計でも百万部を突破することができた。

その余勢を駆って、今回、このシリーズにおいて初の二ヶ月連続刊行に挑むことになった。タイトルこそ『裏鬼門《うらきもん》の変』『火走《ひばし》りの城』と異なるが、中身は同じ作品の上下巻というべきものだ。書き下ろし時代小説文庫に参入して以来、四百枚ほどの作品の執筆が長く続いていたが、今回は七百五十枚から八百枚の大作のストーリーを練り上げる必要があった。ここ最近では滅多にないことで、ストーリーづくりはとても楽しかった。執筆中も気持ちがずっと弾んでいた。

約ひと月後には、『火走りの城』が書店に並ぶ。『裏鬼門の変』と『火走りの城』。この二つの作品を手に取られる読者にも、楽しんでいただけたら、と切に願う。

二〇一〇年八月　鈴木英治

この作品は双葉文庫のために書き下ろされました。

双葉文庫

す-08-16

口入屋用心棒《くちいれやようじんぼう》
裏鬼門《うらきもん》の変《へん》

2010年8月14日　第1刷発行

【著者】
鈴木英治《すずきえいじ》

【発行者】
赤坂了生
【発行所】
株式会社双葉社
〒162-8540 東京都新宿区東五軒町3番28号
［電話］03-5261-4818(営業)　03-5261-4833(編集)
http://www.futabasha.co.jp/
(双葉社の書籍・コミックが買えます)
【印刷所】
慶昌堂印刷株式会社
【製本所】
株式会社ダイワビーツー

【表紙・扉絵】南伸坊
【フォーマット・デザイン】日下潤一
【フォーマットデジタル印字】飯塚隆士

ISBN978-4-575-66457-7 C0193
Printed in Japan

稲葉稔
八州廻り浪人奉行
天命の剣
長編時代小説

欠員補充で八州廻りとなった中西派一刀流宗家の妾腹・小室春斎。「人のために強く生きよ」との父の遺言を胸に、血腥い上州へと旅立つ。

稲葉稔
八州廻り浪人奉行
斬光《ざんこう》の剣
長編時代小説

札差「扇屋」の主従を惨殺して七千両を奪ったばかりか、琉球使節まで手に掛けた虚無僧姿の賊を追う小室春斎。冬の箱根路を血風が吹き荒れる！

鈴木英治
口入屋用心棒1
逃げ水の坂
長編時代小説〈書き下ろし〉

仔細あって木刀しか遣わない浪人、湯瀬直之進は、江戸小日向の口入屋・米田屋光右衛門の用心棒として雇われる。好評シリーズ第一弾。

鈴木英治
口入屋用心棒2
匂い袋の宵
長編時代小説〈書き下ろし〉

湯瀬直之進が口入屋の米田屋光右衛門から請けた仕事は、元旗本の将棋の相手をすることだったが……。好評シリーズ第二弾。

鈴木英治
口入屋用心棒3
鹿威《ししおど》しの夢
長編時代小説〈書き下ろし〉

探し当てた妻千勢から出奔の理由を知らされた直之進は、事件の鍵を握る殺し屋、倉田佐之助の行方を追うが……。好評シリーズ第三弾。

鈴木英治
口入屋用心棒4
夕焼けの甍《いらか》
長編時代小説〈書き下ろし〉

佐之助の行方を追う直之進は、事件の背景にある藩内の勢力争いの真相を探る。折りしも沼里城主が危篤に陥り……。好評シリーズ第四弾。

鈴木英治
口入屋用心棒5
春風《はるかぜ》の太刀
長編時代小説〈書き下ろし〉

深手を負った直之進の傷もようやく癒えはじめた折りも折り、米田屋の長女おあきの亭主甚八が事件に巻き込まれる。好評シリーズ第五弾。

鈴木英治

口入屋用心棒6

仇討ちの朝

長編時代小説〈書き下ろし〉

倅の祥吉を連れておあきが実家の米田屋に戻った。そんな最中、千勢が勤める料亭・料永に不吉な影が忍び寄る。好評シリーズ第六弾。

鈴木英治

口入屋用心棒7

野良犬の夏

長編時代小説〈書き下ろし〉

湯瀬直之進は米の安売りの黒幕・島丘伸之丞を追う的場屋登兵衛の用心棒として、田端の別邸に泊まり込むが……。好評シリーズ第七弾。

鈴木英治

口入屋用心棒8

手向けの花

長編時代小説〈書き下ろし〉

殺し屋・土崎周蔵の手にかかり斬殺された中西道場一門の無念をはらすため、湯瀬直之進は復讐を誓う……。好評シリーズ第八弾。

鈴木英治

口入屋用心棒9

赤富士の空

長編時代小説〈書き下ろし〉

人殺しの廉で南町奉行所定廻り同心・樺山富士太郎が捕縛された。直之進と中間の珠吉は事の真相を探ろうと動き出す。好評シリーズ第九弾。

鈴木英治

口入屋用心棒10

雨上《あめあが》りの宮《みや》

長編時代小説〈書き下ろし〉

死んだ緒加屋増左衛門の素性を確かめるため、探索を開始した湯瀬直之進。次第に明らかになっていく腐米汚職の実態。好評シリーズ第十弾。

鈴木英治

口入屋用心棒11

旅立ちの橋

長編時代小説〈書き下ろし〉

腐米汚職の黒幕堀田備中守を追詰めようと策を練る直之進は、長く病床に伏していた沼里藩主誠興から使いを受ける。好評シリーズ第十一弾。

鈴木英治

口入屋用心棒12

待伏せの渓《たに》

長編時代小説〈書き下ろし〉

堀田備中守の魔の手が故郷沼里にのびたことを知り、江戸を旅立った湯瀬直之進。その道中、直之進を狙う罠が……。シリーズ第十二弾。

鈴木英治

口入屋用心棒13

荒南風《あらはえ》の海

長編時代小説〈書き下ろし〉

腐米汚職の真相を知る島丘伸之丞を捕えた湯瀬直之進は、海路江戸を目指していた。しかし、黒幕堀田備中守が島丘奪還を企み……。

鈴木英治

口入屋用心棒14

乳呑児《ちのみご》の瞳《め》

長編時代小説〈書き下ろし〉

品川宿で姿を消した米田屋光右衛門の行方をさがすため、界隈で探索を開始した湯瀬直之進。一方、江戸でも同じような事件が続発していた。

鈴木英治

口入屋用心棒15

腕試しの辻

長編時代小説〈書き下ろし〉

妻千勢が好意を寄せる佐之助が失踪した。複雑な思いを胸に直之進が探索を開始した矢先、千勢と暮らすお咲希がかどわかされかかる。

鳥羽亮

華町源九郎江戸暦

はぐれ長屋の用心棒

長編時代小説〈書き下ろし〉

気侭な長屋暮らしに降ってわいた五千石のお家騒動。鏡新明智流の遣い手ながら、老いを感じ始めた中年武士の矜持を描く。シリーズ第一弾。

鳥羽亮

はぐれ長屋の用心棒

袖返し

長編時代小説〈書き下ろし〉

料理茶屋に遊んだ旗本が、若い女に起請文と艶書を掏られた。真相解明に乗り出した華町源九郎が闇に潜む敵を暴く!! シリーズ第二弾。

鳥羽亮

はぐれ長屋の用心棒

紋太夫の恋

長編時代小説〈書き下ろし〉

田宮流居合の達人、菅井紋太夫を訪ねてきた子連れの女。三人の凶漢の魔手から母子を守るため、人情長屋の住人が大活躍。シリーズ第三弾。

鳥羽亮

はぐれ長屋の用心棒

子盗《こと》ろ

長編時代小説〈書き下ろし〉

長屋の四つになる男の子が忽然と消えた。江戸では幼い子供達がいなくなる事件が続発。神隠しか、かどわかしか? シリーズ第四弾。

鳥羽亮
はぐれ長屋の用心棒
秘剣霞颪《かすみおろし》
長編時代小説
〈書き下ろし〉
大川端で三人の刺客に襲われていた御目付を助けた華町源九郎と菅井紋太夫は、刺客を探し出し、討ち取って欲しいと依頼される。

鳥羽亮
子連れ侍平十郎
上意討ち始末
長編時代小説
陸奥にある萩野藩を二分する政争に巻き込まれた、下級武士・長岡平十郎の悲哀と反骨をリリカルに描いた、シリーズ第一弾！

鳥羽亮
子連れ侍平十郎
江戸の風花
長編時代小説
上意を帯びた討手を差し向けられた長岡平十郎。下級武士の意地を通すため脱藩し、江戸に向かった父娘だが。シリーズ第二弾！

鳥羽亮
剣狼秋山要助
秘剣風哭《ふうこく》
連作時代小説
〈文庫オリジナル〉
上州、武州の剣客や博徒から鬼秋山、喧嘩秋山と恐れられた男の、孤剣に賭けた凄絶な人生を描く、これぞ「鳥羽時代小説」の原点。

幡大介
八巻卯之吉 放蕩記
大富豪同心
長編時代小説
〈書き下ろし〉
江戸一番の札差・三国屋の末孫の卯之吉が定町廻り同心になった。放蕩三昧の日々に培った知識、人脈そして財力で、同心仲間も驚く活躍をする。

幡大介
大富豪同心
天狗小僧
長編時代小説
〈書き下ろし〉
油問屋・白滝屋の一人息子が、高尾山の天狗にさらわれた。見習い同心の八巻卯之吉は、上役の村田銕三郎から探索を命じられる。好評第二弾！

幡大介
大富豪同心
一万両の長屋
長編時代小説
〈書き下ろし〉
大坂に逃げた大盗賊一味が、江戸に舞い戻った。南町奉行所あげて探索に奔走するが、見習い同心の八巻卯之吉は、相変わらず吉原で放蕩三昧。

藤原緋沙子

藍染《あいぞめ》袴《ばかま》お匙帖 風光る

時代小説〈書き下ろし〉

医学館の教授方であった父の遺志を継いで治療院を開いた千鶴が、御家人の菊池求馬とともに難事件を解決する。好評シリーズ第一弾。

藤原緋沙子

藍染《あいぞめ》袴《ばかま》お匙帖 雁渡《かりわた》し

時代小説〈書き下ろし〉

押し込み強盗を働いた男が牢内で死んだ。牢医師も務める町医者千鶴の見立ては、鳥頭による毒殺だったが……。好評シリーズ第二弾。

藤原緋沙子

藍染《あいぞめ》袴《ばかま》お匙帖 父子雲《ちちこぐも》

時代小説〈書き下ろし〉

シーボルトの護衛役が自害した。長崎で医術を学んでいたころ世話になった千鶴は、シーボルトが上京すると知って……。シリーズ第三弾。

藤原緋沙子

藍染《あいぞめ》袴《ばかま》お匙帖 紅《あか》い雪

時代小説〈書き下ろし〉

千鶴の助手を務めるお道の幼馴染み、おふみが許嫁の松吉にわけも告げず、吉原に身を売った。千鶴は両親のもとに出向く。シリーズ第四弾。

藤原緋沙子

藍染《あいぞめ》袴《ばかま》お匙帖 漁《いさ》り火《び》

時代小説〈書き下ろし〉

岡っ引の彌次郎の刺殺体が神田川沿いで引き上げられた。半年前から前科者の女衒を追っていたというのだが……。シリーズ第五弾。

藤原緋沙子

藍染《あいぞめ》袴《ばかま》お匙帖 恋指南

時代小説〈書き下ろし〉

小伝馬町に入牢する女囚お勝から、娑婆に残してきた娘の暮らしぶりを見てきてほしいと頼まれた千鶴は、深川六間堀町を訪ねるが……。

藤原緋沙子

藍染《あいぞめ》袴《ばかま》お匙帖 桜紅葉《さくらもみじ》

時代小説〈書き下ろし〉

おっかさんを助けてください――。涙ながらに訴える幼い娘の家に向かった女医桂千鶴の前に、人相の悪い男たちが立ちはだかる。